任侠愚狂に死す

闇社会から光の社会へ

新垣玄龍
Arakaki Genryu

さくら舎

はじめに

私はヤクザの組長をしていた男です。同時に、服役中に懲罰（ちょうばつ）として収容された過酷な独房で、光に満ちる覚醒（かくせい）体験をしたことがきっかけになり、僧侶としての修行をしてきました。現在は、4人目の妻とともに整体師としても生きています。

瀬戸内寂聴（せとうちじゃくちょう）さんは、瀬戸内晴美（はるみ）という名前で情愛小説を書いている作家でありながら、突然出家して庵主（あんじゅ）となり、色恋の煩悩（ぼんのう）を断（た）った。と思わせておきながら、じつは最後まで男を狩ることに喜びを見出していたことを暴露した小説が書かれたりしました。

私は、これが人間なんだと思います。人は二面性をもって生きていく。自分でこれが自分だと思い、人に見せているものとは違った、とりわけとんでもなく真逆の自分が密（ひそ）かにいたりする。

自分を誇らしく生きているときも、死の囚（とら）われ人となり苦悩しているときも、その真逆の自分はいる。血だるまの暴力を生きているときも、慈愛の自分はいる。実際は二面どころか多面というべきなのでしょうが、生きる上で重要なものは、真逆の二つを意識することだと思うのです。

いきなり高名な作家を引き合いに出したりして、自分を飾っているように見えたかもしれません。私は初めて本を出すのですが、いっさい飾ることなく自分のしてきたことを記しました。不思議と、恥じるものはなにもない。ヤクザのシノギの部分は、特に興味を持たれる方も多いのではないでしょうか。

私は、本土のヤクザではなく沖縄のヤクザでした。この両者にはいささかの違いがあります。言わずともおわかりのように、琉球（りゅうきゅう）王国から、島津藩の植民国となり、明治維新のときには日本に編入され、敗戦後は米軍の支配地域となり、佐藤政権のときに本土に復帰して、70％の米軍基地が集中する県として再々々出発するという、沖縄というエリアの特異性があるからです。

沖縄は、唯一（ゆいいつ）の本土決戦の地で、民間人も米軍と戦わざるを得ず、多くの死者を出し、島ぐるみ焦土（しょうど）と化したところです。この特異性を、イデオロギーではなく、日常感覚でわかるのは意外に難しいもののようです。私は、これから、一人のヤクザ者の人生を語りますが、つまらない欲望まみれの暮らしも漏らさずに語れば、あるいはウチナンチュ（沖縄人）の手触り、肌触りが伝わるかもしれない、とも思います。

しかし、これらはおまけの部分で、どんなところに生きていようと、人間とは不思議なものだというのが、私のいちばん伝えたい感慨です。つじつまが合うような生易しい存在ではないのが、人間なんだと思います。だからこそ、いつからでも生き直せる。

それが、かつて一匹の荒くれ者だった自分への、ともに苦闘してきた家族への、そして未知の読者の方々へのメッセージなのかもしれません。

私は、このメッセージが、あたたかさとして伝わることを望んでいます。人間は、つじつまが合わないままに幸せに包まれることができる、というのが、私の今いるところでの心境だからです。

新垣玄龍（あらかきげんりゅう）

目次◆任侠　愚狂に死す——闇社会から光の社会へ

第2章　沖縄の裏街道を行く

第4章 独房の闇、覚醒の光

第5章　日本の坐禅、ミャンマーの瞑想

第6章　背中の彫り物、整体師の指

任俠　愚狂に死す

――闇社会から光の社会へ

第1章

暴発するエネルギー、さまよう家族

戦後生まれた沖縄ヤクザ

ヤクザが身近な沖縄

沖縄では、ヤクザは結構身近な存在です。横のつながりが強いし、地域が狭い。なんといっても人口は140万人ちょっとしかいない。さいたま市ぐらいの規模です。親戚に1人とまではいわないけれど、学校の先輩後輩にヤクザがいたりすることは、ままあります。

沖縄ヤクザの歴史は浅く、日本の敗戦がはじまりです。「戦果(せんか)アギヤー（戦果を上げる者）」という言葉があります。戦争が終わった後に米軍基地を荒らしに行って、物資を奪ってくる。それを、「生きるためにする戦争の戦果だ」というわけです。その中心にいたのが、仕事がなく、仲間同士でふらふらしている男たちでした。

沖縄ヤクザの発祥は二派あって、戦果アギヤーの暴れん坊たちが一方にいる。彼らは、嘉(か)手納(でな)基地をひかえるコザ（現・沖縄市）がシマ（縄張り）で、略奪品のうち金目のものは密輸に回し、生活の必需品は一般市民の手に渡ります。

戦果アギヤーたちは、コザが米兵用の売春街である特飲街（特殊飲食街）となったときに、用心棒という格好の仕事にありつきます。このグループがコザ派と呼ばれる最初のヤクザです。

基地のない那覇では、道場で空手を修行する腕っぷしがめちゃめちゃ強い男たちが、別のヤクザの一派をつくります。初めは、街頭賭博や遊技場に雇われるアルバイト用心棒でしたが、那覇でも本格的に盛り場が形成されると、そこの用心棒がシノギ（収入源となる仕事）となりました。これが那覇派です。

喧嘩が強いということを、沖縄のヤクザは強く求めていましたから、みんななにかしら武術をやります。琉球空手は、みんなやります。琉球王朝が島津藩の侵略を受け、植民国となって以来、武器の使用が禁止され、そこから琉球空手が発展したという歴史があります。

第一次～第六次の激しい抗争

沖縄ヤクザの抗争は、分裂、統一の繰り返しで、第一次抗争からすでに6回を数えています。いったん抗争が始まると数年におよぶのが常でした。抗争を「いくさ」と呼んでいたので、その時期は、戦世と言っています。

沖縄の特徴として、米軍基地がすぐそこにあり、武器はいくらでも調達できます。コルトからカービン銃、手榴弾まで手に入ります。バズーカ砲も確保していたというから、いったん抗争となると、本土のヤクザどころの騒ぎではない。凄まじい殺戮戦となりがちでした。

同じくヤクザといっても、本土のヤクザと沖縄のヤクザはちょっと違う。本土では、露天商のテキ屋がいたり、博徒(ばくと)がいたりという歴史があった上で、いまのヤクザがいる。でも、国定忠治(くにさだちゅうじ)とか清水次郎長(しみずのじろちょう)(山本長五郎(やまもとちょうごろう))とか、ああいう任侠(にんきょう)の親分たちの系譜は、沖縄のヤクザにはないのです。琉球王国の時代には、そもそもヤクザはいなかった。

本土のヤクザというのは基本的には疑似家族です。盃(さかずき)を交わして、親子ではないのに親子の縁を結ぶ。それが一つの特徴でしょう。神道にのっとって儀式をおこなっていますが、沖縄には、いわゆる日本神道なるものはない。腕っぷしの強い、上下関係のない、度胸のある愚連隊(ぐれんたい)まがいの男たちの仲間意識が沖縄ヤクザのはじまりです。

山口組は進出できず

歴史の浅い沖縄ヤクザも、いまでは盃事もするし、本土のヤクザと同じようなことをしています。沖縄の本土復帰時に起こった抗争という形で、本土のヤクザとの交流があって、手打ちを厳(おごそ)かにやったのが事のはじまりでしょう。

ただ、同じようなことをしているといっても、そのやり方に何か違うところがある。では中国マフィアに近いのかというと、そうでもない。ウチナンチュというのは沖縄人のことですが、ヤクザにもウチナンチュの独特の文化が残っているのです。

本土から沖縄に来た人は、ここにあるのは日本の文化だと思うように、ウチナンチュもいまでは日本の文化の中に生きています。ただ、ちょっと違うところがある。沖縄独特の文化がしみ込んでいるからです。そういう感覚で捉えていただければいいのではないかと思います。

沖縄にはいろいろな方言が多くて、琉球語辞典がなかなかできなかった、と聞いています。沖縄は狭く、小さな島が多いのですが、湾が変わるごとに言葉が変わるといわれたくらいに多様です。現在でもそうかというと、そんなことはない。若いTikTokの世代とか20代には、方言も廃れてきました。

30代ぐらい以上にはしっかり残っていて、方言をしゃべると、沖縄のどの辺の出身地かわかります。離島は特にそうで、宮古島とか石垣島は明らかに違います。私の世代でも、宮古島に行ったらもうわからないということはあります。
いま、沖縄のヤクザは一つの組織しかありません。29歳のときにヤクザの組織に入った当時は、団体は二つありましたが、統一されていまは旭琉會一本です。いってみれば独占で、他の組織は入っていない。私はその旭琉會の前身の三次団体の組長でした。

本土復帰の頃に、山口組の事務所が那覇に入ってきたりしたけれど、何回も抗争になって、結局山口組は沖縄には入れなかった。

地域の人にとっても、それでよかったでしょう。ウチナンチュはやっぱり沖縄びいきですから。向こうから来る者がいると、彼らに支配され、差別されるという意識があります。かつて、本土の人たちに戦争を押しつけられたこともあるし、天皇制をもった日本という国に、沖縄は捨て石にされたという感覚はすごく持っています。

極貧生活の子ども時代

トタンでできたバラック小屋の家

私が生まれたのは1974（昭和49）年、沖縄市です。改名する前の名前は「和彦」でした。1歳で大阪に行き、8歳まで堺市や寝屋川市にいました。おとうの働き口を探すためです。ウチナンチュのおとうは、何か事件を起こしてガラをかわした（しばらく逃げた）ようでした。

川崎や横浜の鶴見など、本土へは戦前から沖縄移民のコミュニティが形成された地域があり、「リトル沖縄」がある大阪の大正区もその一つです。おとうが逃げた先が大阪なのもそういうことが関係していたでしょう。堺も寝屋川もヤクザが多いといわれていたようですが、幼かったので、そこまでのはっきりした記憶はない。でも貧困層がやっぱり多かった印象が残っています。

小学校1年、2年ぐらいになって、初恋をしました。相手はともこちゃんという子で、いまでも覚えています。「あずま」という姓でしたが、たぶん韓国人でしょう。その子は、両親がいなくて、おばあちゃんと2人で住んでいました。かわいそうというか、そういう気持ちがあって、それで好きになったのかもしれません。子どもながらにそういう感じがありました。

私の家族が住んだのはトタン板でできたバラック小屋でした。雨が降ったら、もうとてもうるさい。機関銃が掃射するように、バババババババッとトタン屋根がすごい音を立てます。風呂はなくて、洗濯機の中が風呂代わり。風呂といっても水です。漫画のイメージでいったら『じゃりン子チエ』みたいな感じの暮らしでした。

うちのおかあも出身は沖縄ですが、親に育てられていなくて、やっぱり貧乏で不遇な生き方をしてきた人です。だけど、すごい働き者で、町工場のパートなどで朝から晩まで働いていました。いまも73か74で元気ですけれど、本当に感謝しています。

きょうだいは4つ下の妹が1人。あと、おとうの連れ子で4つ上の腹違いの兄貴がいます。この兄とは、一緒に暮らしたことはほとんどありません。

妹は先天性の聴覚障害者ですが、いまは中学の普通校で体育教師をやっています。珍しいケースなので、沖縄では新聞でよく取り上げられていました。私は悪い方で取り上げられて、妹はいい方で取り上げられる。いつも二人並べてそう言われていました。

働かないおとう、働きづめのおかあ

大阪でのおとうの仕事は、手始めはトラックの運転。とにかく運転手畑で、タクシーをやったり、いろいろな車を運転していました。酒を飲んではすぐ喧嘩する。それで辞めて帰ってきたりしていましたから、もうしょっちゅう仕事は変わっていた。

おとうは、家族をとても大切にしていました。子煩悩(こぼんのう)で、小さい頃には自然の中に連れていってもらって、沖縄の美しい海に投げられたり、そんなふうに遊んでもらって楽しかったことを覚えています。

だけど酒を飲んだら、もうコロッと変わってしまう。酒グセが悪いのです。怒鳴るし、ぶん殴るし、暴れるしで。おかあは、しょっちゅうぶん殴られて、お岩さんみたいな顔になっている。おとうは酒を飲んではおかあと喧嘩し、暴力は日常茶飯事。ちっちゃい頃からそれを見ているのがたまらなく嫌でした。

おかあも性根がすわっていて、殴られても歯向かうけれど、最後は家を飛び出して逃げる。

当時流行っていた「カーモーテル」へ一時避難することが多く、私もよくおかあと一緒に、古びたかび臭いカーモーテルに泊まったりしました。殴られて顔が腫れているおかあを見るのは忍びなかったのですが、おかあの近くで安心して一緒に眠れるのは幸せな時間でした（写真1）。

そういう環境の中で、妹は頑張ったのです。沖縄の大学に入って、そこで教職を取った。聴覚障害者、聾者というのですけれど、聾者が健常者である生徒を教えている。沖縄では初めてだと思います。私の家族の誇りです。

だけど、実際にはおかあの頑張りが育て上げたという感じが強いと思っています。

ちっちゃい頃のことでよく覚えているのは、妹の発声練習です。手話はあのときはなかった

写真1　子どもの頃の著者と働き者だった母

か、あんまり普及されていなかったのか、口話といって、相手の口の動きを見て言葉を読み取る方法を熱心に教えていました。

とにかく、おかあは一生懸命でした。妹の舌にウエハースを乗せて、「アー」とか、「イー」とか、「ウー」とか言って、毎日毎日発音練習をするのです。それに私も付き合わされました。

4つ違いだから、私が4歳ぐらいのときから、そういう耳が聞こえない妹がいるんだ、という思いが、ずっと自分にはありました。

おかあは、妹がちっちゃい頃までは細やかに面倒を見れていたけれど、そのうちに朝昼晩と働きづめになります。朝は新聞配達。昼はヤクルトとかたばこ屋とかの配達。夜は居酒屋で遅くまで働いていました。

聾者の妹を守る

当時から私には、妹を守るという使命感がすごくありました（写真2）。おかあの代わりに、私が妹をかばって連れ歩いたものです。連れて歩いているとき、つねに戦う構えをしていました。助けてやりたいという思いです。だからいまでも、私のことをすごくリスペクトしてくれているようです。

なぜ妹だけが耳が聞こえない障害を抱えて生まれてこなければいけないのか。妹がかわいそうだ、と子ども心に憤りを感じていました。母親や私が妹の名前を呼んでも聞こえない。振り向いてくれない。友達と遊んでいても、人数が多ければ口の動きを見ることにも限りがあるので、みんなが何を笑っているのか、楽しんでいるのかもわからない。

そんなとき妹は、とても寂しい顔をしていました。その孤独感からか、急に癇癪（かんしゃく）を起こしたりしたこともたびたびあった。

写真2　著者と妹。聴覚障害があった妹をいつも守っていた

私は妹に「俺が教えてあげるから、何でもわからないことは聞いて」と伝えました。

それから妹は遊んでいるときもテレビを見ているときも、つねに私に尋ねてきました。「何て言ってるの？」と。私はなるべく妹にわかりやすく伝えるために、友達と遊んでいるときは、妹がみんなとコミュニケーションがとれるように気をつけていました。

子ども同士で遊んでいるときに喧嘩はつきものです。妹は友達とよく喧嘩するくらいたくましいところもあったのですが、喧嘩の最中、妹のことを「耳悪」などとののしる子もいました。そんなときは私の方が怒って、妹をかばいながら、その相手を殴って謝らせた。兄として、妹を差別するやつは絶対に許さないと思っていたからです。

周囲の大人に対する怒りもありました。みんな、妹に直接話しかけずに、いつも私を介して「何歳なの」「名前は」などと尋ねるのです。どうしてなのか。妹は耳が聞こえないだけで意思疎通をすることはできる。それなのに、最初からコミュニケーションを諦めているように思えたのです。大人には妹に面と向かって話してほしい。私は妹の代わりに答えるのではなくて、妹本人と会話するように仕向けたものでした。

また、「なぜテレビは耳が聞こえない人のために字幕を出してくれないのか」ということも納得がいきませんでした。聴覚障害を抱えた妹への不平等な世の中の仕組みが許せなかった。

私は、体はちっちゃかったけれど、喧嘩は強くならんといけなかった。「大切な人を守るには強くなること」を学んだのです。必要に迫られて、空手もやったりしました。自分のことは自分で守れるよう、おかあに頼んで、妹も一緒の道場に通わせました。

いつも私の後をついて遊ぶ妹を見て、おかあは「金魚のフンみたいだねぇ」とよく笑っていました。おかあは生まれた女の子が聴覚障害だとわかってから、悲しんで泣く日々が多かったらしいのですが、「子どもをかわいそうと思い泣くことは、母親のエゴだ」というおとうの一言に救われたと話してくれました。それ以来、おかあは「一度も泣いたことがない」と言っていたことを覚えています。大酒飲みで破天荒な父親も、たまにはいいことを言うものだ、と妙に感心したものでした。

沖縄に戻って別居生活

4つ違いで腹違いの兄貴は、おとうの親であるおばあが預かって育てていました。小学校6年ぐらいになると、その子がヤンチャになってどうしようもない。「この子も面倒を見てよ」と、おばあが大阪に出てきた。そのときに兄貴の従兄弟（いとこ）も連れてきたのです。私らのきょうだい二人に、腹違いの兄ちゃん、それにその従兄弟ですから、子どもが4人になってしまった。

彼らが結構ワルで、来て1週間ぐらいしたら警察がやってくる。車上あさりをしてカーコンポを盗んだという。妹が耳が聞こえないというプレッシャーに加えて、そういうごちゃごちゃしたこともあったから、おかあも大変でした。おとうも頭を抱えて、うつ病みたいになってしまいます。

おとうは、大阪での出稼ぎに見切りをつけて、先に沖縄に帰ってしまう。おかあも腹を立てて、「なんであんたの連れ子まで、私が見ないといけないの」と、やっぱり沖縄に戻りましたが、しばらくの間、おとうと一緒には住みませんでした。

たぶん「あんたとは別れる」となったのでしょう。私が知っているだけでも、二人は5回くらい別居したりひっついたりを繰り返しています。

だから、沖縄に戻ったときは生活保護でした。そのときに住んだ部屋は、お墓がいっぱいあるところの隣にあった団地です。沖縄特有の大きな亀甲墓（きっこうばか）がワーッと集まっています。こういうところには、普通の人はあまり住まないでしょう。

おかあは働きづめです。子どもたちが寂しいだろうと思ったのか、動物をたくさん飼ってくれました。うさぎもいたし、小鳥もいたし、インコもいた。猫もいました。

私も耳の聞こえない妹が気になる。ヘレン・ケラーの本を図書館から借りてきて、一生懸命読んであげていました。

無学な父の鬱屈と屈折

おとう、ウミンチュになる

沖縄に帰ってからも、おかあは、「いつ寝てるんだろう」と思うぐらい働きっぱなしでした。おとうのタクシーの給料が12万～13万。それで、オリオンビールを1日5～6本、それと泡盛（あわもり）も飲む。おかあがよく買いに行っていたけれど、そんな給料で毎日欠かさず結構な量の酒を飲んで、そのうえ子どももいるのだから全然残らない。そんなことをよく言っていたけれど、大変だったと思います。

おとうにはよく殴られましたが、いま思い返せば、いい思い出もたくさんありました（写真3）。沖縄は自然の美しいところです。輝く自然の中の滝とか山に連れていってくれた。おとうは、そういうところが大好きだったのです。家族で沖縄県北部のやんばる比地（ひじ）大滝やおとうの生まれた読谷村（よみたんそん）の海へよく行きました。

小学校3年生ぐらいのときでした。おとうはまた喧嘩して、タクシー運転手を辞めてしまった。いつものことです。いよいよ、うちにはお金がない。

写真3　著者と子煩悩だった父

すると、いきなり「ウミンチュになるから、お前も一緒に来い」と言い出したのです。海人（ウミンチュ）は漁師のことですが、ウミンチュになるといっても、仲間はいない。

おとうの手には、モリが握られています。それで魚を突くのです。夜の9時、10時ぐらいから夜中の3時まで、2ヵ月ぐらいの間、毎晩、読谷村の海に連れていかれました。おとうが海の中で漁をする間、子どもの私が懐中電灯を持って海中を照らします。

まだ小3ですから眠いし、懐中電灯を持っている腕もだんだん疲れてくる。腕が下がる。その近くを、ダツという魚がピュンピュン飛ぶ。口が尖（とが）ってて細長いものが、明かりめがけて飛んでくるのです。おとうは叫びます。

「和彦、気をつけろよ。ダツが体に当たったら、ぶち抜かれるぞ！」

そんなこと言われて、もう怖くてたまらない。

真っ暗な夜の海は神秘的でした。いまでも覚えているのは、夜の海の雷の恐ろしさです。

真っ暗な海にパーッと稲光が光ります。その光がバババババッと海面を走るわけです。それがこっちに向かってくる。ものすごい雷鳴の中で、「和彦、潜（もぐ）れ！」とおとうは叫んで、さっと潜ります。

おとうはウェットスーツを着て重りをつけているから潜れますが、こっちは潜ろうとしても重りなんかない。お尻だけ浮いたり顔が浮いたりして、もうてんやわんや。あれはものすごい恐怖経験でした。

魚を売ったふりして万引き

そんな思いもしましたが、夜の海の漁では結構魚が獲れるのでした。次の日は、私がその魚を売りに行かされます。漁師の手伝いの次は魚屋です。「同級生の家に行って、買ってもらってこい」というわけです。

魚はくさい。まだ小３年ですから、そういうことをするのは嫌です。マッチ売りの少女じゃあるまいし、だいたい同級生でそんなことをしているやつは一人もいない。売りたくないから、さっさと捨てた。だから売り上げはないのですが、売れたふりして、お金を持って帰らなければならないのです。

じゃあどうする。いろいろ考えて、それを実行し、お金を持って帰りましたが、それはどこかから失敬した金だったり、商店の売上金をこっそりいただいた金だったりで、はっきりいって万引きです。小3のときから、自分の頭で考えて、悪いことかもしれないが、必要なことをしていきます。

おとうは体格はまあまあ大きい方で、夜の海で魚は上手に獲るけれど、自分で売る気はないのです。恥ずかしくて、行商まではできない。そういうええ格好しいのところがありました。

酒を飲んでプラトンを語る父

そんなおとうは本がすごく好きで、たくさん読んでいました。哲学とか思想関係の難しいものを一人で読んで勉強していた。どこまでも上級の学校に進学して勉強したかったのでしょう。でも、敗戦の年の昭和20年生まれですから、勉強したくてもできなかった。

すごく頭がよかったんだと思います。生まれた家にお金があって、時代が戦争じゃなかったら、かなりいいところまで行った人だと思うけれど、学校には縁がなかった。それが強いコンプレックスになっていて、図書館の本も自分で借りることができない。

おかあに「借りてこい」と言っていました。おかあが「なんで？」と聞くと、「この人が、プラトンとかユングとかを読んでると思われるのが恥ずかしい。だから借りてこい」と言う。

おとうは、そういうものをずっと読んできているから、独自の教養は貯えられていきます。酒を飲んでは「和彦」と私を呼ぶ。

「おまえ、イデアってわかるか」と言います。イデアというのは、プラトン哲学に出てくる真実の世界みたいなことなのですが、子どもはそんなもの知らんでしょう。おとうは、私をつかまえて、そんなことばっかり言っていました。

私が鼻炎になって、鼻をピーピー鳴らしてたら、「和彦、ちょっとこっち座れ」と座らされた。

「フロイトいわくな、おかあに対するコンプレックスがあったり、愛情が欲しかったりするとな、風邪をひいたり鼻炎になったり、おねしょしたり、そういう心理的なものがはたらくんだ」と言う。「その鼻ピーピーは、おまえがおかあに対して愛情が欲しいからだ」とか言うわけです。

こっちは小学校２～３年ですから、いま考えたら、めちゃくちゃな人だったなと思います。ところが小学校４～５年ぐらいから、「こいつが言ってることって何なんだろう」と思って、やっぱり私も読み始めるわけです。私も、そういうところがちょっと変わっていたと思いますが、家に転がっている難しい本を手にしました。

おとうの知的影響力

読んだってわからない。わからないけれど、しょっちゅう読んでいた。でも、人には隠していたのです。エロ本なら恥ずかしくないが、自分が真面目な本を読んでるのは恥ずかしい。小6ぐらいからたばこも吸ってるし、酒も飲んでるし、中学校になったらもうめちゃめちゃヤンキーです。当時流行っていた『ビー・バップ・ハイスクール』をまねて、剃り込み入れて、ダボダボの学ランはいて、それでバイク盗難をやったりしていた。ちなみに、この映画化第一作に出演していた小沢仁志（おざわひとし）氏とは現役時代に親しくしていました。

そんなヤンキーだったけど、家ではニーチェだとか、ユングだとか、フロイトとか、プラトンとか、カントとかを読んでいる。それを知られるのは恥ずかしい。友達が来たら、ヘーゲルとかマルクスとかを、さっと隠すわけです。

勉強してるやつらはダサいと思っているから、テストも名前を書かないで、わざと零点を取る。学校では、そういう感じなのです。でも本はすごく好き。ちっちゃい頃からの、おとうの影響だと思います。

敗戦の激動を生き抜いた男

自分が大人になったいまは、おとうも大変だったんだろうなと思います。世の中で生きてくのって大変なことですから。

おとうが生まれたのは、１９４５（昭和20）年1月です。6月23日は米軍の総攻撃があって、沖縄島の南端、摩文仁（まぶに）で激戦のすえ、日本軍が壊滅し、沖縄が終戦した慰霊の日になっています。その前の4月1日に米軍は読谷に上陸していたのです。読谷はおとうが生まれたところで、集団自決があった場所です。

読谷にはガマという洞窟（どうくつ）がいっぱいあって、みんなそこに逃げた。よくおばあが言っていました。赤ん坊だったおとうを抱いて、おっぱいをくわえさせても乳も出ない。赤ん坊は泣きます。薄暗いガマで大声で泣いたら、

「かしまさい（うるさいの沖縄方言）」「黙らせろ」

「バレたら爆弾が落ちる」「米軍が来る」

という声がすごかったらしいのです。

それが知らない人たちだったら、「あいつ、腹立つな」ですんでしまうけれど、戦争が終わって、またふだんに戻ったら同じ村です。罵声（ばせい）が忘れられないのです。「隣のあいつ、あのとき、あんなことを言ってた」そういうことがずっと消えずにあるわけです。これも戦争の悲惨（ひさん）さの一つです。

読谷の北西の端に残波岬（ざんぱみさき）というすごくきれいなところがあります。おばあが、よく言って

いました。

「あそこ一帯の海が船で見えなかった。真っ青の海が、米軍の船で全然見えなかった。真っ黒く陸みたいになってた」

最初の地上戦がそこであったのです。これがおとうの故郷の出来事でした。

うちのおじいは、足を何かの病気で悪くして、それで兵隊に行けなかった。まわりからは、非国民だと言われて、それがすごく嫌で、酒を飲んでは近所で暴れる男でした。平和が戻ったとはいいながら、おとうは学校に行けない。毎日サトウキビを刈らされて、学問がしたいけれどできない環境です。

あの当時のことを語る人たちの話を聞くと、おとうは、そういう中で育っていたのです。子どもの私には、そんなことはわからない。タクシー運転手をして、12万~13万しか稼げんのか、とか思っていましたけれど、いま考えたら、よく生きたんじゃないかなと思います。がんばったんだなと思います。

中2のヤンキー、悪名を轟かす

ワルが集まるアパートへ引っ越し

おとうとおかあがよりを戻して一緒に住んだのは、地元ではワルで有名なアパートでした。小3のとき、お墓のそばの団地からここに引っ越しました。そのアパートに住んでるやつらが、私も含めて、もうとんでもなくワルい。

下の階には中1のヤンキーでシンナーを吸っているやつがいるし、その上の階には、暴走族でシンナーをスプレーでやっているやつがいるから、ウワッとにおっている。たばこも、アパートの子どもたちは吸っている。小学校、いや保育園、幼稚園のガキも吸っていました。まだニコチンがクセにはなっていないけれど、「おい、吸ってみろ」と言われると平気で吸うのです。

ワルいやつらが、全部このアパートに集まっているのです。アパートは2DKでとにかくボロい。だからでしょうが、安いのです。こういう環境の中で、小学校を卒業しました。

この地域の親の職業はなにかというと、漁師はいないし、農民もいない。会社員もいない。仕事はあんまりないのです。沖縄では、基地勤めが公務員のような感じです。あとは、おとうのようなタクシー運転手とか、観光業関連くらいでしょうか。

沖縄の若い子たちは、キャバクラで働く者が結構多くて、子どもができても飲み屋とかスナックで働いています。

写真4　港川中学に入学したときの著者と母

中2で授業ボイコットを扇動

沖縄の成人式は、テレビのニュースで報道されるようにめちゃめちゃ荒れるのですが、私が行っていた中学は、その荒れている中心にありました。浦添市（うらそえし）の港川中学校です（写真4）。

この中学で、私はいろいろ事件を起こしましたが、警察に引っ張られ、沖縄の新聞に載ったのは、授業のボイコットを扇動（せんどう）したときです。バカげた校則を変えろと、生徒に授業ボイコットを煽（あお）った事件でした。

実際、しょうもない校則だったのです。女の子にキッチキチのパンツがはみ出そうなブルマをはかせているとか、補助バッグの色を学年ごと分けているとか。学年ごとに色が違えば、お金を持っていない家庭がひと目でわかってしまう。中3、中2、中1が緑、青、赤だとしたら、買えなくてお下がりをもらうと、色がずれるからです。貧しい家の子がいじめにあうつまらない規則です。

私は、そういう無法な権力というか、校則の意味ない縛りつけがすごく嫌いだったのです。中2の私は中3の先輩と一緒に授業をボイコットし、学校側との交渉を企てました。そして運動場から「みんな、授業をやめて外に出てこい」とメガホンでアジテーションをした。教室から全員ではなかったけれど、ぞくぞくと出てきて、そこで4～5時間も集会をし、さらにアジっているうちに、生徒の勢いがどんどん出てきて、ものすごいことになってきます。先生の車のガラスを割ったり、車体を破壊したり、一種の暴動みたいになってきたのです。それが、沖縄タイムスだったか琉球新報だったか、沖縄の新聞に出た。

刑事にヤキを入れられる

一応の成果はあって、学校の規則がちょっとは変わりました。それはまあよかったけれど、次の日に警察から呼び出しがきます。浦添警察署の刑事課に初めて呼ばれたのです。ワルで暴れていたから、それまでも制服の巡査との間では、いろいろ小競り合いをしていたのですが、あの頃の刑事はハンパじゃないのです。警察の柔道場で失神するまで投げられた。

行くときは、わざとボンタンの学ランを着て、イキがって乗り込みました。それをちらっと見た刑事に、「おまえ、ちょっと上がれよ」と柔道場に上げられて、柔道の猛者みたいなやつらにバンバン投げられて、気絶しました。「これはやりすぎだろう」と、おかあも赤くなって怒っていました。

あとで聞いた話では、校長は、絶対に警察には電話したくなかったそうです。だけど、あまりにも行きすぎたので仕方なかったのでしょう。私たちがやれとは言っていないけど、群集心理でアジられた生徒が暴れてしまった。この事件以来、刑事たちの中に、新垣という名が覚えられたと思います。

喧嘩は「圧倒的に勝つ」「負けを認めない」

私は、喧嘩は強かったです。好きだったし、それに勝たないと妹を守れなかったから、殴り合いの喧嘩をよくしていました。

殴り合いの喧嘩の極意は、「瞬発力」です。喧嘩はたかだか何分で勝負が決まる先手必勝の世界ですから、瞬発力が大切です。

立ち合いの瞬発力も当然ですが、喧嘩を売られたら「買う」という精神の瞬発力も大きいです。いや、むしろ、精神の瞬発力の方が重要かもしれない。いくら空手の有段者でも、いざ、そのときに迷ってしまうと先手を許してしまいます。また、いじめられる側の人間が突然、人が変わったように抵抗し、一瞬にしていじめる側の人間を打ち負かすような場面も、何度も見たことがあります。

喧嘩で勝つときには「圧倒的に勝つ」ことも必要です。中途半端に情けをかけると「恨み」になります。その「恨み」を残しておくと、あとあと面倒くさいことになる。

また、喧嘩の極意としてもっとも大切なことは、たとえ負けても「負けを認めない」ことです。心が折れたら、卑屈（ひくつ）になる。そこで「本当の負け」になるのです。だから体力で負けても気力では負けない。心まで他人に支配されない。それが、子どもの頃から無数の喧嘩を通じてわかったことでした。

ヤクザの事務所でアルバイト

学ラン姿で電話番、バイト料１万円

初めてヤクザに会ったのは中２の頃、ボイコット事件の後ぐらいでした。地元のマンションに先輩に連れていかれたら、ヤクザが刺青（いれずみ）丸出しで麻雀（マージャン）をしていた。

昭和も終わりの当時、沖縄のヤクザは分裂していました。三代目旭琉会と沖縄旭琉会です。のちに私が入ったのは沖縄旭琉会の富永一家ですが、中２のとき出入りすることになるのは、

反対側の三代目旭琉会の事務所です。

その後、この二つのヤクザの抗争が始まります。1990（平成2）年には高校生が拳銃に撃たれて死ぬ事件が起きた。銃撃戦の流れ弾に当たったのです。


のちにそんな抗争が起こるとも知らず、のどかな組事務所で「電話番でもするか」と言われ、アルバイトをしました。

1万円くれました。中2には大金です。それで焼肉をたらふく食いました。だから、私のヤクザの第一印象は「優しいな」というものです。バブルの最中で、誰でもまあまあ金を持っていた時代だと思います。

ヤクザはみかじめ料（用心棒代）が収入源ですが、昭和～平成のあのバブルの頃には地上げもあったわけで、ずいぶん稼いでいたでしょう。あのあたりも観光用のホテルがボンボン建ったので、ヤクザはその地上げを全部やったはずです。中学生に、毎回毎回1万円あげるんですから、とにかくすごい金を持っていた。

中学生の私から見たら、ヤクザというのはとても格好よかった。ベンツに乗って、ごっついロレックスをはめて、金のネックレスをジャラジャラさせて、金払いはいいし、いい女も連れている。「うわっ、この世界はすごいな」と思いました。

電話番には10回ぐらい行きました。学ランで事務所に出入りしてるわけですから、まわりの住民が警察に電話します。すると刑事が来る。ボイコット騒動でヤキを入れられた刑事で、「また新垣か」と連れていかれて、またこってり締められた。

刑事がいちばん気にしていたのは、「覚醒剤を打たれたんじゃないか」ということでした。

その頃、覚醒剤がかなり蔓延していて、ヤクザの収入源になっていました。沖縄では、覚醒剤を米兵に売っていました。金も持ってるし、イラク戦争に行くときなんか、売れて売れてすごかったらしい。

海兵隊は沖縄から飛び立ちますから、バーで酒を飲んでいても、盛り上がり方が異様です。非常時のテンションがものすごいのです。

普通のときには、米兵は規律を守っているけれども、戦争に行くわけですから、飲んで金を使って、麻薬を打ったり、マリファナ吸ったり、やりたい放題です。

つるむ、群れるは大嫌い

中学の不良時代には、電話番やらカツアゲしたりで10万円ぐらいは持ったことがあります。家には全然入れません。そんなことはしたことがない。その金で、もう酒を飲んでいました。

沖縄の人はみんなそうですが、私も酒は強い。ただ、おとうと同じで、酒グセはよくないのです。

同級生たちは、中3ぐらいから、だんだん暴走族のチームをつくり始めます。私はそういうのが嫌いでした。つるんで何かをするのは、ものすごく嫌。群れるのも大嫌いだった。先輩たちとの関連で金を集めたりするのですが、そういうのも嫌っていました。

中3ぐらいになって、シンナーとか暴走族が始まってから、不良仲間とは決別しました。ちょこちょこっと、シンナーも吸ったことはありますが、そのときだけのこと。

不良仲間と別れてからは、バンドをやってる同級生がいたので、そいつらとギターを弾いたりしていました。だから、ものすごいヤンキーみたいなヤンチャで荒れていたのは中2だけです。

サラ金地獄と世の中への怒り

高校時代、喧嘩で仲間が死ぬ

高校は誰でも入れるようなところで、大平高校です。いまはもう名前が変わって、陽明高校になっていますが、私たちが事件を起こしたから変わったんだという噂がありました。事件とは、同級生の傷害致死です。高校生同士で酒を飲んで喧嘩して、仲間を殺してしまったと、沖縄のマスコミはもうてんやわんやでした。

拳（こぶし）の殴り合い、蹴り合いのついでに椅子で殴ったもんだから、それで片方が死んでしまったという感じの出来事です。私も含め８人くらいで居酒屋で酒を飲んでいたら、本当にしょうもないことから喧嘩になった。おまえの彼女がどうだとか、こうだとか、そういうことから、ああだ、こうだと諍（いさか）いが始まったのです。

「もう外でやれよ」という話になって、二人は外でごちゃごちゃやっていた。私たちはそのまま飲んでいたけれど、あまり遅いからどうなっているのか見に行きます。そのとき、コカコーラの長いベンチを振りかざして、バンと殴っていたところだったのです。

もちろん、殺すつもりなどない。普通は、そんなことでは死にません。私なんかも、そんなことよくやっていたし、やられたこともある。だけど、そのときは死んでしまった。運が悪かったとしかいえないところもある。

そのうち、ギャラリーがいっぱい来たから、とりあえず別のところに運ぼうといって、雨の中を運んだのですが、でもそのときには、その子は死んでいたのです。救急車を呼んだのは、その後でした。

ベンチで殴った本人だけ、福岡の少年院に行きました。私たちは、もしかしたら死体遺棄で呼ばれるかもしれなかったけれども、それはなかった。居酒屋もつぶれたし、マスコミはワーワー騒いだし、結構大きな事件でした。

リスペクトできる教師と出会う

高校に行くと風紀係の先生がいますが、ああいうのともしょっちゅうトラブってました。でも、中にはものすごくお世話になった先生がいた。與座盛光（よざもりみつ）という先生で、国士舘大の出身でした。しょっちゅうぶん殴ってくる荒っぽい先生なんですが、私たちのことをすごくかわいがってくれたのです。

学校でたばこを吸ったら、もちろん怒られ、殴られる。けれど、私たちに酒を飲ませたりもする。学校から居酒屋に連れていって、「言うなよ」と口止めして、酒を飲ませてくれるのです。私たちは一緒に飲んで、いろんな話を聞いた。とにかく太っ腹な先生で、惹（ひ）きつけられました。

與座先生は昔から自然が好きで、私たちを無人島に連れていったりしました。無人島に渡って一緒に酒を飲むのですが、いかだボートみたいな、沖縄のサバニみたいなのに乗っていくのです。

サバニはちっちゃい木造の舟です。しかも夜です。飲みながら漕ぐわけですから、落ちたら危ない。そんなことをしているうちに、妙な一体感が出てくるのです。仲間意識のようなものが、体感をともなって生まれてくるのです。ああ、こういうことをして生まれるものがあるのか。それに気づかされました。

私たちが、酒を飲んで傷害致死事件を起こしたとき、先生たちは「退学させせよう」という話だったらしい。その中で、與座先生だけは「退学させない」という論陣を張った。そういう話を、後から聞きました。ああすごい先生だなと、いまでも感謝しています。ヤクザの頃もそうだったし、ヤクザの組長になっても、先生には頭が上がらないわけです。

與座先生は体育教師でした。いつも「バカヤロウ」って言っていた。もう口グセなんです、「バカヤロウ」が。こっちがなんかちょっと言うと「バカヤロウ。おまえ、このやろう」とか、そういう感じなんです。ビートたけしみたいな、ああいうべらんめえ調で、とにかく何を言っても「バカヤロウ」と言われた。

いくつになっても「バカヤロウ」という與座先生を、いまでもすごく尊敬しています。私は学校嫌いで、権力が大嫌いです。先生をリスペクトするなんて、いままでなかったことです。初めて、本当にすごい人だなと思った人でした。

島ぞうりをつっかけた校長

與座先生が、その後別の高校で校長になったという噂を人づてに聞きました。「あの與座が校長になったのか」と、笑えるぐらいの出来事です。その頃の私は、ヤクザの組長で刑務所にいました。2年間、独房に閉じ込められていたときでした。

噂によると、校長になっても、いつも島ぞうりを履いて登校している。島ぞうりというのは、沖縄の人がふだんつっかけるビーチサンダルです。

「やっぱり與座はすごい。島ぞうりで、ちゃんとすごい校長になっている」と感心しました。與座先生は、昔から型破りでした。卒業式とか入学式となると、格好をちゃんとしてこいと学校に言われます。権威に反抗する先生だったから、そんなのバカじゃねえか、みたいなこと言って、Tシャツを着てくる。私から見ると、そういうのが格好よかったのかもしれない。

與座先生が校長を退職するという話を聞いたときには、花束を贈ったりしました。だから、いまでも連絡をとれる間柄です。

「俺は絶対に搾取する側になる」

おかあに「サラ金から連絡がくるから、電話線を抜いておけ」と言われていたのは、この高校時代でした。おとうにそれがバレたら、気がちっちゃい男だから、どうなってしまうかわからない。

おとうの安い給料で生活していて、どうにもならず、サラ金から借りたのです。あいかわらずおかあは働きづめに働いていたけれど、返せない。サラ金の借金で首が回らなくなって、おかあはついに自己破産をします。

武富士とか、当時のサラ金の利息は40％ぐらいです。いまは法律が変わって20％ぐらいに安くなっていますが、法律が変わる前です。返しても返しても、全然減らない。それで友達の名義を借りたりして、借金を返すためにまた借りる。

おかあは、自分ではまったく何にも使ってないのです。自分の物なんか何ひとつ買ってない。寝る間も惜しんで働いている。だけど返せない。朝昼晩働いても返せない。

おとうはおとうで、タクシー運転手をしている。12万～13万の給料だけど、一応働いている。でも首が回らなくなって、金を借りて、破産をする。

なんなんだこれは。

高校生の私は、これ自体がおかしいと思いました。利率がどうとかそんなのは置いておいても、私からしたら、すごい怒りがありました。

怒りがこみ上げてきました。何に対してかというと、世の中に対しての怒りです。

こんな世の中の仕組みは、絶対におかしい。

めちゃめちゃ世の中に対して怒っていた。


おとうの持っている本の中には、マルクスとかエンゲルスとかレーニンとか、そういう本がありました。『共産党宣言』なんかも読んでいた。だから、「搾取（さくしゅ）」という言葉を私は知っていた。

マルクス・レーニン主義のいう、社会の構造の搾取システムに入ってるんだ。やっぱりマルクスの言ってることは、本当じゃないか。マルクスの窮乏化（きゅうぼうか）の典型じゃないか。

おかあがあれだけ朝昼晩働いて、おとうもタクシー運転手だから安い給料であってもそれなりに働いているのに、いくら働いても資本主義に絡めとられて、破産しないと金が残らない。おかしいじゃん、誰がどう考えても、という怒りでした。

「俺は、絶対に搾取される側じゃなくて、搾取する側になる」

「支配されるより、支配する」

そういうふうに自分の人生を決めたのは、このあたりからでした。

おとうが狂った

「神の声が聞こえる」

おとうが亡くなったのは、私が23歳の頃だから、私は最初の結婚をしていました。最初の妻と付き合いだしたのは高3のときです。後輩を妊娠させて、家も学校もてんやわんやでした。「高3で妊娠させただなんて、退学だ」というから、学校に謝りに行ったりしていたのですが、おとうの調子が悪くなったのが、ちょうどその頃です。幻聴とか幻覚が見えはじめたのです。

アルコール依存症でもあるし、いろんな心労が重なって、それで様子がおかしくなったのでしょう。おとうは幻聴が聞こえるとか、神の声が聞こえるとか言いはじめました。それからずっと1年ぐらいの間、もう仕事には行けなくなります。しかも、おとなしくしていられないのです。

夜、おかあが居酒屋で働いていると、息子の俺に「電話しれ」と言い出します。「おかあが浮気してる」というのです。嫉妬妄想が始まったのです。

その頃住んでいたのは県営団地で、結構いいところでした。彼方に東シナ海があって、12

階の見晴らしのいい部屋です。すぐ近くには米軍基地が見えていました。私は、自分の部屋もあり、彼女との楽しい時間もあって気に入っていたのですが、おとうが精神病を発症してからのキツさといったらありませんでした。

私だけが知っていることだと思いますが、おとうは、ハンダごてで自分の陰茎を切り落とそうとしたのです。精神病による自傷行為なのか、嫉妬妄想が苦しくて、そんなことをしたのか、私に無惨な傷跡を見せたことがありました。

家族皆殺しの恐怖

おとうが酒を飲んで、よく言っていた言葉がありました。

「これは全部終わらさないといけない」

「終わらさないといけない、終わらさないといけない」

そう言ってたけれど、何を終わらさないといけないのか。たぶん「家族を全部殺そう」というふうなことを決めたらしい。腹の中にそれを含んで、酒を飲んでいる。

私もおかあも、そういうことに気づいた。家族を撲殺するんじゃないかとか、刃物でメッタ刺しにするんじゃないかとか思い、夜中に目を覚ました私は、ひそかに包丁を隠したりしました。

おかあは、そういうおとうの相手をしているのですが、精神病院に行った方がいいといくら言っても、当人は、俺は病気じゃないと言い張ります。いま考えたら、無理やりどうにかして連れていきゃよかったと思うのですが、もう後の祭りです。

あの頃の私は、おとうが怖くて刃向かえなかった。なんせ怖かった。ちっちゃい頃から、恐怖心を植えつけられていたためです。私は弱虫ではなく、むしろあちこちではよく喧嘩する。外では激しく戦って勝つけれど、ちっちゃい頃におとうにやられているために、刃向かえないのです。力ずくで厳しく躾（しつ）けられた犬と一緒で、おとうが怖いわけです。

おかあの自殺未遂、おとうの蒸発

おかあも芯（しん）は本当に強い人間だけれど、私よりもっとキツかったと思います。あるとき大量に精神安定剤を飲んで倒れ、意識不明に。救急車を呼んで病院に運び、助かったのですが、私は、おかあが自殺を図ったんだと思いました。

後年になって、そのことをおかあに話したら、おかあは「そんなことはしてない」と意地を張って否定しましたが、たぶん限界にきていたんだと思います。

昏睡（こんすい）するおかあを見て、家族のキツさも、いよいよ底をついたなと思いましたが、まだ底ではなかった。

おとうは、倒れたおかあのいる病院に来ました。ところが、ぷいっとそれっきり消えてしまった。いきなり蒸発していなくなったのです。何が起こったんだかわからない。狂った頭にどんな声が轟いたのかも知りようがありません。

私は、おとうがいない方がいいなと思い、ホッとしていたけれど、おかあは別です。回復すると「おとうを探す」と言って、あっちこっち探して歩きます。「なんで、あんなやつ、放っておけ」と、私は言いましたが、おかあは「どこかで死んでないかな」と心配でたまらないのです。

あちこち探しに行くんだけれど、いない。俺はいない方がいいけどな、と思いながらも、それに付き合っていました。

腐乱死体との対面

ある日、携帯に電話がかかってきました。「浦添署ですけど」と、地元の警察署を名乗ります。「新垣智弘さんが」と、おとうの名前を言って、「財布にある免許証の名前でわかった。歯科医に残っていた歯型と、死体の歯が一致した」と言います。

おとうは死んでいたのです。空き地で発見され、死後3ヵ月から半年は経っている。かなりアンモニア臭が発生している腐乱死体だ、と言います。私は「そうですか」と言いました。

おかあに言ったら、ショックを受けた顔をして呆然としている。ここは、自分が行って見ないといけんな、と思いました。ちょっとだけ責任感があったんでしょう。

「俺、行ってくる」と言って、死体安置所に向かいます。６畳ぐらいのほんとに狭いところです。入ろうとしたら、ウワッと凄いものが押し寄せてくる。

「マスクをした方がいいですよ」「防護服を着た方がいいですよ」と言われたのですが、格好つけて「うるせえ」と言って、中に踏み込みました。

ところが、もうすごいんです。目が染みるのです。死体にカビキラーをぶっかけているのか知らないけれど、においももの凄いけれど、目の粘膜に刺激が突き刺さってくるのです。とてもじゃないが、格好つけていられない。それで戻って、「やっぱり貸してくれ」と言いました。

ゴーグルをつけて、おとうを見ました。ウジもわいてる。もう跡形もない骨でした。それでも私は、おとうを見ていました。

涙も出ない。死んだという悲しい一面もあるけど、すごくホッとした一面もある。悲しい面とホッとしたという面がありながら、罪悪感みたいな感情にも襲われます。だけど、よかったという感情も同時にあったのでした。

おとうを見つめながら、すごく混乱していました。そして思い知らされました。人間というものは、こんなにも感情の多面性を持っているのか、と。

おとうの腐乱死体を見ていて、うごめいているウジから目が離せない。

ああ人間ってこうやって死ぬのか。誰でも、たわいなく死んでいくし、死ぬということはこういうことなのか。

人間って本当にこういうものなんだ。そうなんだ、確かにこうなんだ。

そういう思いがすごくありました。仏教の無常感みたいなものを感じていました。

第2章

沖縄の裏街道を行く

金は稼ぎたい、だが仕事が続かない

15歳で東京に出稼ぎに

私が、初めて東京の地を踏んだのは15歳です。高校に受かったけれど、行ってみたらおもしろくない。だから学校をやめて、働いて金を稼ごうと考えた。東京の中央線沿線の日野自動車の工場に働きに行きました。

派遣なんて言葉はまだなくて、「季節」と言っていた。季節労働の意味です。沖縄では、中学校を卒業して季節労働をやる人が結構いました。横浜の鶴見区とか、関西だったら大阪の鶴橋(つるはし)とか大正区とか、沖縄から出てきた人たちが集まっているところがあると書きましたが、みんな、そういうところを目指して、散り散りバラバラ仕事を求めていったのでした。

求人誌だったか、ハローワークだったか、斡旋(あっせん)するところがあって、日野自動車の募集を見つけたのです。ちょうどバブルの後半頃だから、車をつくれば売れるという時期です。初めて行く人たちが手取りで40万円。おお、これはすごいな、40万稼ぎたいなと思って、私は飛びついた。すると、募集対象は18歳からになっている。

そんなのはなんともない。偽装すればいいのです。役所で交付される出稼ぎ手帳を自分たちで手直しして、それで通りました。ヤクザになってからやった本格的な偽造とは違って、かんたんな年齢の偽装です。

だけど、肝心の仕事は１ヵ月くらいしか続かなかったのでした。

工場はオートメーションですから、24時間３交代で、ものすごい勢いで働かされるわけです。私は、ギヤボックスを前にして延々と同じ組み立てを繰り返している。「こんなことを一生やるのか。そんなのやってられるか」と思って、すぐ辞めてしまった。

１年いたら５００万円ぐらい稼いだはずですが、季節労働は１ヵ月しかいなかった。辞めて沖縄に戻って、沖縄でバイトしていた。このバイトも続かないのです。そうなると高校にまた行きたくなる。

東京に出るときに、おかあと言い合いがありました。「もう学校なんかいかんでいい。やめる」と言うと、おかあは、「あんた、バカじゃないの。行きなさい」「いや、そんなのいい」と言って、高校をやめて東京に出たのですが、おかあには知恵があったのです。

こいつはどうせ帰ってくる。帰ってきて、学校行きたいと言う。「働きに行きたい」とムキになっているときは、なに言ってもどうせ聞かんから、と思って、そっと休学届を出していたのです。

「うわ、こんなのずっとやるの嫌だな、やっぱり学校の方がいいな」と、日野自動車を辞めて帰ってきたけれど、いまさら「学校に行きたくなった」とは言いにくい。ちょっとバイトしたりしていたけれど、気もそぞろです。おかあに「高校がいいな」と言ったら、知らん顔して「そういえば、こういう手続きしてある。だから来年から行けるから」と言うのです。「マジで?」と驚いた。おかあは、そういうところがうまいのです。

何をしてもつきまとう疎外感

バイトは、いろいろしました。ウェイターみたいなのもやったし、ステーキを運んだり、美容師の手伝いで髪を洗ったり、漁師もしたし。でも、もう全部続かない。

いま、振り返ってみると、仕事でいちばん続いたのはヤクザだった。それと現在の出家した状態。

どんな仕事も、自分が疎外(そがい)されている感じがぬぐえなかったけれど、ヤクザと坊主はそうではないのです。ヤクザも坊主も、仕事というより生き様だからかもしれません。

これは不思議なことです。どうしてか、ヤクザでいるとき、あるいは坊主でいるときには疎外感がなく、自分が自分でいる感じがするのです。

川が流れているのが見えるように、人間の欲望が流れるのが見える、という私の特性も、どこかで関係あるのかもしれません。ヤクザも坊主もそれが特技ですから、いかにも自然な状態なのかもしれない。

ともあれ、続いたのはヤクザと今の状態で、あとはほぼ1年も続かなかったのですが、普通の連中はそうではないのです。逆です。

若い頃にヤンチャしてたやつは、ヤンチャをやめると仕事を真面目に続ける。暴走族上がりなんかは、「もうさんざんヤンチャしたから、ここからは真面目にやろう」なんていう美学を持っています。

でも私は、そういうのをすごく嫌っていました。「気持ち悪いな、こいつら」と思う。もうクソ単純な偽善の美学というか、大人の社会に巻き込まれて、長いものに巻かれているだけなのに、「俺も昔、ヤンチャしたからね」なんて言うやつ、よくいます。それでまわりから「あんた、すげえな」みたいなことを言われて、ちょっと得意な顔をしている。

私が思うには、きっと、ヤンチャも巻き込まれて群れていただけなのでしょう。私は、あいう群れてのぼせるような連中は大嫌いだったのです。

おかあの知恵で建設の資格を取ったが

じつは私は、資格をたくさん持っていて、大型特殊とか溶接とか、ガスとかボイラーとか、全部でたしか8つの資格を取っています。大型特殊といったら、戦車も乗れる免許です。でかいクレーンを建設現場でよく見かけると思いますが、あれは大型特殊です。

建設系だったらこういう仕事はいくらでもあるのです。金も悪くない。

なんで資格をそんなに持っているのかというと、これにもおかあが関わっています。「ぶらぶらしてないで、資格ぐらい取ったらどうだ。あそこに行ったら取れるらしいけど」と開発青年隊の存在を教えられたのです。沖縄産業開発青年隊といって、建設業や農作業の技術が習得できるところです。

まあ、やってみるかと、沖縄県がやっているその青年隊に入って、副隊長を務めていました。１００名ぐらいいるその中でナンバー2ですから、やっぱりちょっとリーダー的な感じになります。

開発青年隊に半年間いたら、建設系の資格がいろいろ取れます。勉強もしないといけないけれど、普通の人ならだいたいたい取れる。

開発隊は、全寮制できつくて、ちょっと自衛隊みたいなところです。朝も、早くから走って、腕立てやって、いま考えたらおかしいけど、ベトコン跳びとか、ベトナムのゲリラの体操とかやらされたりしていた。ベトコン体操なんて、いまなら何考えてるんだろうと思うけれど、沖縄には米軍がいたからでしょう。

もちろん、この資格を生かして、あっちこっちで建設関係の仕事をしました。建設の現場で重機を動かしたりしていると、普通に入る人よりは稼ぎにはなります。だけど、もたない。1ヵ月ぐらいで辞める。もっても半年ぐらいでした。

アンダーグラウンドの道を進む

トップに立てば喧嘩はない

高校を卒業して、起業するまでに、続かないバイトの3年間があります。卒業したのが19歳で、起業するのは22歳、その間いろんな仕事をしていました。していたけれど、長くもたない。1ヵ月くらいで次々辞めるのは、喧嘩が多かったからです。しょっちゅうやっていた。根性が、喧嘩好きのヤンキーとか半グレみたいな感じというのもあるし、なんでも、「自分でやりたがり」だったからだろうと思います。

言われた仕事をやっていても、「俺だったらこうやるのに」という理屈（りくつ）があって、「この方が絶対にやりやすい」と思ってしまう。それをいちいち社長に言う。だから、嫌われたんじゃないか。

つまり、指示されるのがダメで、どっちかといったらトップに立つのが向いていたのです。トップといっても、そんなでかくなくてもいい。「自分で物事を始めて、やり方を決めて、自分で事業する」派の人間だったのです。だからだんだんそっちに向かい、あるときから事業を始め、ぼちぼちうまくいっているわけです。

「おまえ、社長なんてすごいな」と言われても、褒められたとは思えない。言われてするのが嫌だから、それで起業になるわけです。使われるよりは自分が人を使う方がやりやすい。だから、「いやいや、俺、人とやっていけないから社長になるしかないんだよ」と答えていました。本当にそういう感じでした。

訪問販売、探偵……起業して稼ぐ

最初に起業したのは、浄水器の訪問販売です。沖縄は水があまりよくないから、浄水器が売れるのです。高いやつです。当時は20万～30万円した。メンテナンスもいい値段を取るのですが、メンテナンスはやらなかった。これはまあまあ儲かりました。３～４名、人を使ってやっていました。

それを手始めにして、いろんなことに手を広げていった。探偵もやったりしましたが、まあまあうまくいくんです。ジャスティス・カンパニーという会社です（写真5）。浄水器や携帯の販売をやり、探偵もやりと、いろんなものにどんどん手を広げていきます。

ジャスティスというのは、正義とか公正という意味です。探偵業は、いまでいうと興信所というやつで、調査会社です。どんな依頼がくるかというと、浮気調査が多い。浮気調査で現場を押さえるのが仕事内容です。

写真5　20代でつくった探偵会社ジャスティス・カンパニーのパンフレット

この会社は、ヤクザをやるまでずっとやっていて、ヤクザになっても続けていた部分もあったから、10年ぐらいやっていました。最高で15人ぐらい使っていました。

「ちょんの間」も経営

デリヘルとか風俗にも手を伸ばしました。カジノもやっていた。裏カジノ、違法カジノです。浄水器、携帯とか飲食店とか、わりと表向きな仕事から、だんだん裏の方の仕事に広がっていくという流れです。

どうせやるなら、やっぱり儲かることをしたい。そういう方針で事業をしていくと、どんどん風俗とか、ヤミ金とかに向かい、しだいにヤクザと関係ができてきます。中2以来切れていたのに、そういうところで、またヤクザとつながっていくわけです。

カタギの人は、「いきなり風俗業に入って経営なんかできるのか」と思うのでしょうが、私はその道に詳しい番頭と組んでいた。

風俗業といってもいろいろありますが、沖縄にも「ちょんの間」というのがあって、いわゆる売春宿ですが、それをやっていました。「ちょんの間」というのは「ちょっとの間に性交する」という意味からきているそうです。

お客さんは米兵ではなく日本人です。観光客とか。2000(平成12)年に沖縄サミットがありましたが、あのときは、警察官が客でした。本当に全部警察官。沖縄サミットのほかにも、政府が金を注ぎ込んで沖縄復興をやりますが、その金が回り回ってくるのです。

デリヘル嬢やちょんの間で相手をする女の子は、普通に募集をかけて集めます。新聞でも募集広告を打つ。本番行為をやるわけですから、建前ではダメということになっている。別のもっとソフトな名目で募集をかけて、応募があると話をします。

知り合いのホストからの紹介で流れてくる女の子も多いのです。東京でも同じですが、ホストクラブに来る人たちは、風俗の娘が多いのです。キャバクラの女の子とか、ちょっと病んでる人たちがすごく多い。

彼女たちは、寂しいからホストのところに行く。金は持ってるから、金を使う。金でホストの取り合いをするんです。あのホストは私のものといって、誕生日のお祝いとか、何かのイベントで祝って金をやるとか、ホストに貢ぐのです。

シャンパン入れて、飲んでイベントをやるから、お会計はあっという間に30万、40万いく。「これ入れて」「はい60万円」とかの額にすぐなります。払えない。風俗を頑張ってやるけれど、とてもじゃないが払えきれなくなってくる。

そうすると落ちてくるのです。ホストに「稼げる店があるから」と言われてやってくる。私のところにも落ちてきました。

キャバクラとか、本番はないけど口内性交とかをやるいわゆるピンク系で働いていた女の子が、本番に落とされたり、ソープに沈められたり、どんどんレベルアップしていく。いや、レベルが上がってるのか下がってるのかわからないけれど、そうなっていく流れがあるのです。

そういう娘がいっぱいいて、ＡＶの世界へ、デリヘルへ、ちょんの間へ、顔が悪くて歯がない娘は真っ暗なところでの口専門へなどと、分かれていきます。

私は上にいて、女の子たちの管理は番頭に任せていましたけれど、そういうアウトローの道、途切れることのない流れがあるのです。

サラ金撃退法を編み出す

武富士の取り立てに逆襲

起業した最初の頃に、サラ金から資金を借りました。武富士でしたが、100万くらい借りたのが、すぐ700万、800万になってしまいます。加えて、武富士はあの頃すごい取り立てだったのです。

うちのおかあは保証人になっていない。にもかかわらず、「あんたの子どもだろう」とか言って、取り立てがおかあのところに来るのです。一気に返せと責め立てる。

武富士の社長はヤクザ出身で刺青があるって噂がありましたが、本当にヤクザみたいに執拗な取り立てです。サラ金地獄で自殺者も出て社会問題になった時代でした。

私自身は、借金なんか全然怖くないという気があります。どんな取り立てにあっても平気。

でもおかあは別です。腹は立つし、どうにかしないといけないと思って、取り立てに来る担当者の車のナンバーから住所を調べ、社員寮や支店長の家も調べました。

そこで作戦を立てた。連日連夜、深夜に金を返しに行くのです。

酒飲んで、夜の12時頃に押しかけ、ドアをドンドン叩きながら大声で「おい、出てこい！」と叫ぶ。近所の人が驚いて出てくるぐらいの大声です。奥さんが出てきて、「何ですか」となる。

「金を返しに来た。主人を出せ」

と怒鳴り、主人が隠れていると、出てくるまでドンドンやる。必ず出てきます。出てきたら、「金返しに来たから」と言って、50円とか１００円の小銭を返済する。最後に、こう言うのです。

「領収書出してくれ」

これを2週間くらいやり続けたら、サラ金業者は白旗あげて、おかあのところに取り立てに来なくなりました。そりゃそうでしょう。毎晩毎晩、夜遅くやってきてガンガンやられたらノイローゼになります。子どもだっているでしょうし、毎回、50円とか１００円の小銭で領収書を切っていたら参るでしょう。もう見事に誰も来なくなった。

仲間に広めて、少し反省

これは、私が自分で考えた方法です。サラ金業者の取り立て時間は「貸金業法」で制限されていました。朝8時～夜9時までの時間帯と決まっているんですが、返済しにいく時間帯は決まっていないのです。

取り立てする側には規制があるが、返す側には規制がないという法律の〝ウラ〟に気づいたのです。いわば、サラ金との喧嘩に合法的なやり方で勝ったわけです。

「そういうやり方があるのか、これはいいサラ金撃退法だ」

と一時期、私のまわりで流行りました。

「教えてください」「ああいいよ」で、ちょっと相談料をとって、みんなの相談に乗っていました。

14～15人に教えたけれど、結局やめました。用事があって洋服の青山に行ったとき、クビになったのか、サラ金の担当者がそこで働いていたのです。それを見て、かわいそうになった。

「やっぱりこいつらも生活があるからな、俺のことはやってもいいけど、まわりの人間に広めてサラ金をいじめるのもよくないな」と思ったのです。

そういうところは真面目なのです。でも、自分のケースは除外してますけど。

ともかくこの一件で、頭を使えばサラ金もうまく黙らせることができるんだな、とわかりました。

法の網をかいくぐる金儲けに邁進

風俗、ヤミ金、裏カジノ……金は回る

風俗の稼ぎはそんなにたくさん儲かるわけでもない。月に、利益が２００万〜３００万円ぐらいはいつもあったようだけれど、まあそんなものです。

ヤミ金なんて、ゼロから組織なしで始められます。利率はトイチです。10日で1割。まわりには、自分が使っている風俗嬢をはじめ、金がほしい人たちがたくさんいますから、客には困らない。ソープとか、ちょんの間とか、ホス狂いとかそういう人に働いてもらう一方、こちらから「金ないの?」と言って貸す。「行って来い」みたいなかたちですから、風俗とヤミ金の間で金が循環している。

裏カジノもやっていました。バカラです。観光客も来るし、普通の沖縄の県内の人たちも来ます。もちろん違法ですから、裏カジノは警察としょっちゅうイタチごっこで、つぶされ

たり何されたりしながら、しぶとくずっとやっていきます。

旅行者が裏カジノで賭博をやって捕まったりしても、すぐ釈放されます。風俗もそうですけれど、やった方はすぐ釈放される。お咎(とが)めなし。

だから、お客には警察とタッグを組んでいる人もいるのです。おとり捜査は日本ではできないけれど、客としてそこに入り込んで、警察が踏み込む。全員パクられて、そいつだけは帰される。裏では、そういうことが多いのです。

警察と貸しのつくり合い

風俗の仕事をしていると、警察とつながることがいっぱいあります。警官が客だから、普通に連絡をとっていて「いい娘いるかな」とか、そういう話になる。同業者の噂話とか、そういう情報も提供しているけれど、代わりに自分もネタをもらう。ガサがどこそこに入るとか、ギリギリに情報が入ってきたりします。

ヤクザの本部の家宅捜索は、だいたい事前に情報が入っているといわれています。捜索をして拳銃が出ると、警官の階級が上がります。警察からしたら、拳銃は覚醒剤よりお手柄になります。だから、ヤクザが拳銃を出して、その刑事に義理立てをするとか、そういうことが普通にありました。

拳銃のことを道具といいますが「あそこに道具があるよ」と教え、そこを捜索したらあるわけです。わざわざお膳立てをして、貸しをつくるのですから、どっちもどっち。昔はそんなことがよくありました。ヤクザは、そこらへんの裏は相当知っています。

怖いものなし、羽振りよく飲み歩く

起業するまでは、何やってみても1ヵ月間も続かない。仕事を次々変えているから、当然金はありません。何年か後に、起業する方に方向転換して、始めたら途端に金回りがよくなります。月２００万～３００万円の利益だったけれど、申告していなかったから、売り上げでいうと幾らか、私もあんまり覚えていない。

いきなり羽振りがよくなっちゃって、年中飲んで歩いていました（写真６）。毎日、若い衆というか、愚連隊みたいなのを５人から10人連れて、居酒屋でバンバン食べて飲んで、またキャバクラに飲みに行ったり、

写真６　20代後半のイケイケの頃

そういうことをずっと繰り返していた。だいたい飲み食いするのは那覇。国際通りとか、松山（まつやま）という繁華街あたりです。

ヤクザになる前からブランド物の高級なスーツも着ていました。アルマーニとか、ベルサーチとかを着て、それで若いのを連れているから目立つのです。羽振りよく飲み食いしていると、ヤクザとあっちこっちで出会う。そうすると、やっぱり目をつけられるようになります。

裏カジノは、松山の店舗を1軒借りていました。店舗の通常営業もしていて、奥の部屋でバカラをやる。そのときに番頭をやってた男は、いま、沖縄で車屋をやっています。中古車とか、レンタカーとか、そういうのが儲かる。私の5コか6コ下の後輩で、目端（めはし）の利くやつです。私はそういう連中と組んでやるのです。

裏カジノとか風俗関係だと、通常、ヤクザとか愚連隊がらみの話になっていきます。でも私は、べつに仁義切ったり、あいさつしてやらせてもらいますということはしなかった。勝手にやってたという、そんな感じです。

ヤクザがショバ代よこせとか言ってくるのですが、基本無視していた。「みかじめ料？そんなもの払ってない」ですませていた。

あの頃の私の考え方は、ヤクザがショバ代で来たら、警察を出させればいい。そういう考えです。両刀使いの考え方でやっていた。ヤクザなんかに金を払ってたまるか、と思っていました。

だいたいヤクザに親近感は持っていない。

「ヤクザなんか、俺は大嫌いだ。頭の悪そうなチンピラが来て、なんたらかんたら言ったら追い返せ。警察に電話するって言え」

と、番頭に言っていました。その頃には、ワルとしても名が通っていたと思います。

競売物件で儲けるしくみ

法律の目をかいくぐる商売をいろいろ研究していたから、不動産にしても、裏をいろいろ知っていました。占有とか、競売物件から金を生み出す方法は、ほぼなんでも知っていた。いまはたぶん、法律が変わっていることがいっぱいあるでしょうが、いろんなことを研究しました。みんな実学で、全部自分で経験したことです。

占有は競売執行を妨害する方法です。ローン返済ができなくなった家とかの不動産は、債務不履行で差し押さえられ、裁判所が競売にかけます。占有とはその競売物件に住み、競売を邪魔してシノギにする。競売物件を長期間占有して、評価額を落とすのです。

占有するときには、ガラの悪い奴らを送り込んで、そこに住まわせて居座り続け、立ち退かないのです。いまはたぶんちょっと無理なところもあると思いますが、その頃は、占有権がすごく強かった。居住権というのがめちゃくちゃ強かったから、住んでる限りはその物件は落札できない。

物件明け渡しの強制執行で立ち退き命令が出たら、今度は別の人間に占有させる。別の誰かが住んでいたら、名義が変わってまた新しい権利が発生するのです。

そういうことをしていると、どんどん物件の評価が下がっていって、買う人もいなくなる。買う人がいなくなると不良債権になるから、銀行も買わせたい。そうなったら、自分の手の内の誰かをかませて、安く買ってしまう。

占有させることで、いわゆる事故物件扱いになってしまうのです。マンションなんか1回落ちたら、もうすぐに評価割れです。それを安く買い取って、すぐ転売してしまう。

まだ不動産バブルがあった頃だから、これでかなり稼げました。そんなこともやっていたから、ヤクザにも一目(いちもく)置かれていたのです。

市民オンブズマンで警察を追い込む

市民オンブズマンという名の圧力団体を持つ

私には、知り合いがいっぱいいました。現実の社会の仕組みを裏まで知りたかったので、右翼とも左翼とも付き合いがありました。皇太子に火炎瓶を投げたりした（１９７５年、ひめゆりの塔事件）知り合いもいたし、いろんなイデオロギーを持つ人たちの中に首を突っ込んでいました。

そうすると、何事に関しても考えるようになります。ヤバい仕事で利益が出ていましたが、金儲けだけじゃ、どうもおもしろくない。そこで、左翼っぽいリベラルな活動も始めました。「守礼の会」という、沖縄では初めての市民オンブズマンがそれです。

「守礼の会」という名前は、私が自分で考えたものです。「守礼」とは礼節を重んじるという意味で、首里城の入り口にある守礼門には「守禮之邦」という額が掲げられています。

市民オンブズマンというのは行政機関を監視する組織で、世のため人のためのものですが、別の見方をすれば、ある意味での圧力団体を自分で持つ、ということでもあります。

警察の裏金を暴いた情報公開請求

守礼の会がまず力を入れたのは、対警察です。警察にも情報公開が適用されるよう運動します。もう亡くなりましたが、その頃は作家の宮崎学（みやざきまなぶ）さんともつながっていました。宮崎さんは盗聴法反対運動（1999年）をしていましたから、一緒にやったりしました。

宮崎さんはヤクザの親分の家に生まれた人で、グリコ森永事件のときの犯人「キツネ目の男」に擬（ぎ）されて有名になりました。のちに多方面の作家活動に入ります。衆議院の選挙に出たこともあり、私はその応援もしましたが、とにかくおもしろい人でした。こういうタイプの人に影響を受けるところは、與座（よざ）先生のときから変わっていません。

力の強いものに対する反感を私は根強く持っていて、私の主宰する市民オンブズマンが取り組むのは、反権力、反警察の運動です。

あの頃の警察は、盗聴をはじめ、結構悪いことをやっていました。隠されていた問題があちこちにあって、北海道警の裏金事件（2003年）や同じく道警現役警部のピストル不法所持による逮捕（2002年、稲葉事件）なども表に噴き出してきます。警察の組織ぐるみの不祥事がたくさんあったのです。

警察には、捜査報償費というものがあります。警察は、事件が起こるといろいろ聞き込みして、情報提供者に対して捜査協力費の名目で謝礼を払います。その領収書がデタラメだった。

情報提供者の名前を、ＮＴＴのタウンページから引き写していたことが、内部告発されます。巡査部長から何から、みんな報償費の領収書を書きますが、それがウソで、裏金にまわっていた。内部告発を受け、ジャーナリストが裏取りして調べたら、もらったという人は死んでいたりする。これ、おかしいじゃないかと火がついたのです。

市民オンブズマンによる告発の動きは、北海道から全国に波及していき、裏金づくりの実態が次々と明らかになっていきました。警察は裏金でいろいろ食ったり、何してかにしてとやっていた。追及していくと、裏金づくりは、北海道警だけでなく全国の警察でおこなわれていることがわかったわけです。

市民オンブズマンの主張は、「捜査報償費を、ちゃんと情報公開請求の対象にしましょう」というものですが、最初は、警察庁は全部だめだといった。捜査に支障がある。だから警察の書類は全部黒塗りにしろという話でした。

私たちは運動を続け、いまは黒塗りなしの情報公開になっています。私たちは「知る権利」という武器を平等に持っている。情報公開請求は権力と喧嘩するための極意なのです。

ヤクザも風俗も人気商売

やっぱり市民オンブズマンという存在は大切です。権力側は、監視したり、強く主張しないと何事も明らかにしません。私はそれを知っているから、警察を動かすために、上から圧力をかけさせたりしました。被害届を出しても、警察が受理しないことがあるのです。異動でいなくなった人の机を開けてみたら、受理しないでそのままにしていた被害届がごっそり出てきたなど、普通のことです。解決した被害届だけを受理すれば、検挙率は100%になる。そういう悪習をなくし、受理させるために、検察に圧力をかけさせました。

風俗をやっているときのことです。本番行為をしない風俗嬢がたまに本番されてしまうことがある。それを警察に訴えても、絶対に受理しないのです。風俗嬢を守るなんて事件にならないと考えるからか、扱いたくないからなのか、動かない。

法律では、上級官庁から指示を出せるようにしてあります。この場合の警察の上級官庁は検察庁です。私はそういうことを知っているから、法律を使う。そうすると事態が動きやすいのです。それでも、あんまりサラッとは動かない。

私は、風俗嬢を守るために、市民オンブズマンを活用しました。なぜそんなことをするのか。

風俗業者は女性を搾取（さくしゅ）する存在と思われています。たしかに搾取しています。しかし、ちゃんと女の子たちを守ってあげないと、すぐ噂になる。女の子たちのフォローをいかにできるかが、のちのちの信用につながるのです。

ヤクザにしても、風俗にしても、ある意味では人気商売なのです。ちゃんと気配りしていないとやっていけない。あいつのところに行ったら、タダでやらされて、壊されて、ボロ雑巾みたいに扱われるよ、といわれては風俗は成り立たないのです。

あそこは、警察よりもていねいに守ってくれる。誰よりも守ってくれる。そういう人気で人が集まるのです。

右翼団体をつくり金と人を動かす

沖縄のアイデンティティ

民族派右翼の団体、國琉社をつくったのは、単純にやっぱりおもしろそうだったからです。その頃は月１００万円ぐらいすぐ稼げたから、金儲けに飽きがきたこともあるでしょう。市民オンブズマンを手始めにつくったものの、オンブズマンの全国会議に行けば、弁護士とか左派的な人たちとか、みんな真面目な連中ばかりです。これはちょっと合わないな、となる。

写真７　右翼団体「國琉社」をつくり活動

新たなおもしろさを求めて、新右翼の一水会（いっすいかい）の集まりとか、右左関係なく、あちこちに顔を出すようになります。その頃は、アイデンティティを探していたのです。自分の中で、沖縄というものがいったい何であるのか、それが大事な問題になってきていました（写真7）。

沖縄が本土復帰した後に生まれた私からすると、沖縄って好きでもあるし、嫌いでもある。乞食県みたいなところもあるけど、ゆいまーる（助け合いの意）の理想郷みたいなところもある。その二つの間で葛藤（かっとう）があって、自分なりに沖縄の歴史をひもといたりしていたのです。

琉球独立の問題とか、伊波普猷（いはふゆう）（「沖縄学の父」といわれた民俗学者）だとか、そういうのを本で調べたりするのですが、よくわからない。

おとうが読谷（よみたん）で生まれたこともあり、ガマのことは聞かされていた。80人以上が亡くなったチビチリガマの集団自決のような、悲惨な戦争の体験も一方にあります。戦後長い時間が過ぎ去ってから遺族会によって明るみに出たものの、なかには補償金目当ての者もいるとかいうし、その一方で、日本軍の中でも大田実中将のように、沖縄県民の実態を電文で伝え自決した軍人もいる。

チビチリガマの集団自決の過半数は子どもであったということです。自決直前、海軍次官にあてた大田実中将の電文の最後は、

「一木一草焦土ト化セン
糧食六月一杯ヲ支フルノミナリト謂フ
沖縄県民斯ク戦ヘリ
県民ニ対シ後世特別ノ御高配ヲ　賜ランコトヲ」

と綴られています。日本人とは何なのか、沖縄とはいったい何なのか、いまだに答えは出ないのです。

純粋に、思想とは何かを知りたいという思いは強くあって、集まりに出てみるのですが、右翼はどうにもバカっぽく感じてしまう。暴走族の延長線みたいな運動をしている。

その中にあって新右翼のカリスマ・野村秋介さんとか、一水会とかの連中には思想があったし、やっぱり格好よかった。野村さんは1993（平成5）年、朝日新聞本社で拳銃自殺

写真8　2012年、沖縄祖国復帰40周年記念の「戦跡慰霊巡拝団」を実施

した烈士(れっし)です。そこらへんの右翼とは全然違います。

天皇制と沖縄戦

野村さんには会ったことはないけれど、野村さんを偲(しの)ぶ、群青忌(ぐんじょうき)という集まりを開いてる蜷川正大(にながわまさひろ)さんと仲良くなりました。蜷川さんは、野村秋介の門下生の筆頭です。いまは、もう70歳ぐらいになる方ですが、私とは気が合って、兄弟分みたいに付き合いました。

右翼の活動をする蜷川さんは、楽しそうだった。私が國琉社を始めたのは、楽しそうというほかに理由はない。

右翼と付き合うと、天皇制の問題も出てきます。沖縄の人は天皇に独特の感情を持っています。簡単にいうとアンチみたいな感情です。

天皇制についてもだいぶ調べました。葦津珍彦という神道家で右翼の論客がいます。神社を戦後復興させていった人ですが、葦津先生の天皇制の本を読んだり、大東塾を主宰した国家主義者・影山正治さんの本も読んだけれど、結局わからない。

みんな右翼の昔の思想家たちですが、言っていることが全部違う。それで『日本書紀』を読んだり『古事記』を読んだりもしましたが、よけいにわからなくなる。だから私の中では、決着はついていないのです。

國琉社は、事務所もあって、隊服もつくって、街宣車が3台ありました。30人くらい人がいましたが、みんな自営業みたいなもので、自分の食い扶持は自分で稼いでいた。ひとたび何かあったときはすぐ集まる。

沖縄の当時のほかの右翼には、暴走族みたいな連中もいたけれど、國琉社はそういうところとは全然違っていました。民族主義的な思想の部分もあったから、注目はされていました。

ヤクザになってからも、沖縄の戦跡を慰霊する旅を実施して、私が世話人となり、ひめゆりの塔とか護国神社とかを回って慰霊しました（写真8）。この活動は、雑誌などで報道もされています。蜷川さんが企画して、全国の右翼の錚々たるメンバーが１００人ぐらい集まりました。

右翼のシノギの手口

國琉社という右翼団体にもシノギが必要です。資金集めをしなければならない。それで、ゼネコンを攻めたりしていましたが、はっきりいって思想とは関係がないし、右翼活動ではありません。

建築系の会社は、ほぼみんな違法なことをしています。小さいことでいえば、現場に立てる三角コーンがある。何個立てるかは決まっているのですが、立てていなかったりする。

そういう細かいところを調べて、そこにチャリンコで突っ込ませて事故を起こして、「足を折った」とか言ってからむのです。

「現場の管理が行き届いていない。コーンが3つしか置かれてないから、事故になったんだ」という話にして攻めていったりします。

言いがかりですが、それは中に入るためなのです。大林組とかいろんなゼネコンの支店長クラスに会うため、その突破口をつくるのです。

支店長クラスと会うと、

「大変なことしてくれたじゃないか、おまえら。どうするんだ」

「沖縄を差別してるのか」

「東京だったらコーン5個立ってるのを、沖縄は2個でいいと思ってるのか」

等々、いろんな難クセをつけるわけです。

支店長にそうやって小さな揉めごとで会ったら、そこから先は、だんだん知り合いになっていく。私は、結構人たらし的なところがありましたから、「酒飲みに行こう」とかいろいろ誘って、女の子を抱かせたりするのです。そのへんは、デリヘルをやってるし都合がいい。

そうして仲良くなったら、自分のところの知り合いに仕事を回させる。私は、そこから撥ねさせてもらう。それがメインでした。

黒幕への道

地上げもやりました。ゼネコンには、地上げのための地元対策費があります。地元への対策として工事費の何パーセント、とあらかじめ組まれている。それをかっさらいに行くのです。上前を撥ねる仕組みをつくれば、一回こっきりじゃなくて、何度もできる。やる方からしても変な金じゃないし、合法的な行為になるわけです。

そういうふうにゼネコンから金を取っていましたが、金額が大きい。ゼネコンと関係ができたら、沖縄みたいな狭いところでは、「じゃあ、おまえのところに仕事回してやるよ」と、仕事を回します。ペンキ屋さんに「ペンキ塗り、回してやるよ」とか、いろいろ回すと、みんな「ありがとうございました！」ってなる。もちろん、バックももらう。

でも、まだここが終わりではないのです。

そうしながら、今度は何になるかといったら、政治の票集めなんです。私が声をかけると、政治の票が集まる。そうすると議員は、やっぱり寄ってくるでしょう。そういう仕組みができ上がるのです。

金を稼ぐ以外にも、何かの力を持つことができるわけです。政治家を当選させたりもできる。ちょっとした黒幕になっていくということです。

最初から考えて、やっているのではありません。自然とそうなってくる。そうなってきて、「ああ、こういうことか」と仕組みがわかるわけです。

コンツェルンじゃないですが、グループ企業というか、そういう形態になってくる。企業も人も、自分のシンパをたくさん増やせばそういう力を持つようになるのです。

これは、沖縄だからできることだし、沖縄だからやりやすいわけです。ヤクザ組織は一つしかないし、そういうちっちゃいところだから、先輩後輩もすぐそばにいる。

なんせ140万人しかいないし、上下関係も横のつながりも、沖縄は強く大きい。だからある程度力を持つと、沖縄では結構なことができるのです。

街宣活動で初逮捕

那覇市に料亭那覇という老舗の料亭があります。琉球王国時代から花街として栄えた辻っていう地域で、今はソープ街として有名なんですが、この店は昔から政財界の偉いさんや金持ちが集まって接待とか宴会が開かれるようなところ。東京だと赤坂とか、料亭政治がおこなわれる店がありますが、それの沖縄版でしょうか。当然、いろんな予算の話とか、あくどい裏話なんかも談合されてます。

右翼としては、こういう金権政治が生まれるところをまず糾弾しないといけない。もちろん、やっていけば、いろんな流れにつながっていくんじゃないか、という狙いもありました。

街宣車に乗って拡声器で「経営者、出てこい！」とか糾弾する、いわゆる街宣活動を半年ぐらい続けたのです。そうしたらパクられた。まさか、パクられるとは思ってなかったんですけど、逮捕者も10名以上出て、結構な事件として騒がれました。

私自身も逮捕され、那覇署で半年くらい接見禁止となった。威力業務妨害罪で懲役1年6ヵ月となりましたが、初犯なので弁当持ち（執行猶予がついた）。これが２００２（平成14）年のことです。

これを機に、國琉社は解散しました。そしてこの頃、私はヤクザとのつながりが生まれ、その世界に入っていくのです。

第3章　ヤクザのシノギと生き方

激動の沖縄ヤクザ抗争史

暴対法のきっかけとなった第六次抗争

私の高校在学中はヤクザの抗争がすごかった。１９９０（平成２）年から沖縄旭琉会と三代目旭琉会の第六次抗争が始まっていたのです。沖縄のニュースといえば抗争のことで、町なかでバンバン撃っていた。

抗争には必ずピストルが出てきます。だから死傷者の数もすごい。民間人も巻き込んで20名もの死傷者が出ました。

沖縄のヤクザの抗争では、ヤクザはまず警察官を殺しました。どういうことかというと、ヤクザ同士の抗争になると、警察は機動隊をヤクザの事務所前に並ばせて構えるわけです。ヤクザは、その列にピストルを撃ち込んで事務所になだれ込み、そこからヤクザ同士の撃ち合いが始まるのです。

有名な言葉があります。「いったからさちにくるさや」という沖縄の言葉なんですが、「おまえから先に殺してやるぞ」という意味です。沖縄のヤクザは、いったん火がつくと止まらない。

県警本部長から「そういうことがあったら、撃ってくるヤクザを、全員撃ち殺せ」という射殺命令が出たほどです。これは本当に異例なことです。本土でも山口組が抗争していますが、「ヤクザが何かしたら撃ち殺せ」という命令なんか絶対に出ません。

二つの勢力が拮抗してくると、町中は一気に物騒な感じになってきます。1990年には、無関係な高校生がピストルで撃たれて亡くなりました。その定時制の高校生は、一方のヤクザの事務所のフェンスの看板のつけかえか何かのバイトをしているとき撃たれた。流れ弾でした。警察官も襲撃され、二人撃たれて死んでいます。

この事件がきっかけで、暴対法（暴力団対策法、1992年施行）がつくられることになったのです。

総力戦の末、旭琉會に一本化

抗争の勃発には、いろんな理由があるけれど、結局は、縄張りをめぐる争いです。シマをめぐって、下同士が収まりがつかなくなって撃ったり、喧嘩になったりする。こんなのは当たり前のことで、小競り合いはいつもやっている。それが上同士で我慢がいかなくなって暴発する。そして抗争が始まる、という流れです。

沖縄ヤクザの抗争は、戦いの火蓋が切られると、総力戦であらゆる手段で敵を殲滅させようとしてきました。ダンプで突っ込んだり、口径の大きいピストル、カービン銃はもちろんのこと、米軍から手に入れた手榴弾までぶち込んできます。

その間に、学生や主婦までとばっちりを受けることになりますが、本土のヤクザのような「時の氏神（うじがみ）」、つまり、喧嘩を収めるために止めに入り、仲裁に立つ存在がいないのです。

警察にも容赦なく弾丸をぶち込みますから、警察も容赦なく戦い、頂上作戦で組長をあげてきます。ほとんどの組員が捕縛（ほばく）されて、シャバには数人の組員しか残っていないということすら起こるのが沖縄なのです。

第六次抗争の顚末（てんまつ）をいうと、ほぼ10年後に三代目旭琉会側が合併吸収されるかたちで、沖縄旭琉会が上になって一本化し、富永清（とみながきよし）会長が沖縄唯一のヤクザ組織「旭琉會」の会長として統率します。

ヤクザの熱い血と死

ヤクザという存在を知らなかった沖縄に、ヤクザが生まれたのは、戦争がきっかけでした。壊滅的な敗戦と米軍による占領統治。そこから立ち上がる力を最初に見せたのが命知らずの男たちで、これがヤクザの原点でした。

二つ名を持つ伝説的な男たちが何人もいます。沖縄ヤクザの始祖、コザ派をひきいた〝ダーリー（大人）〟こと喜舎場朝信、那覇派の首領〝スター（輝く星）〟又吉世喜。〝ミンタミー（大目玉）〟新城喜史は、コザ派から分裂独立。人望の源泉もいろいろあり、統率力のあるターリーには信頼があり、スターは空手の強さが無類だった。性格もいろいろ。ミンタミーは社交的で明るくあけっぴろげ、スターは静かに一人でいることを好む人で、二度にわたり襲撃を受け瀕死の目に遭ったが不死身であった。

この個性豊かなキャラクターたちも、抗争の中で消えていきます。スターもミンタミーも抗争相手から銃撃されて死んでいる。スターは犬の散歩をさせているときに、ミンタミーはクラブで飲んでいるときに射殺される。

第一次抗争はコザ派と那覇派との間に起こり、第二次抗争はコザ派が分裂したミンタミーの山原派と喜屋武盛一の泡瀬派の間で戦われ、泡瀬派が壊滅。第三次抗争はスターの那覇派と普天間派の間で起こり、分派した普天間派が壊滅させられる。

両頭目が襲撃で殺された山原派と那覇派が合体して、沖縄連合旭琉会に一本化すると、処遇に不満を持つ上原勇吉が上原一家を立てて分裂、そこに第四次抗争が勃発する。上原一家は本土の山口組系大平組と手を結び、旭琉会の代が変わった二代目旭琉会との間に第五次抗争を起こす。

二代目旭琉会は多和田真山を会長として、沖縄ヤクザを統一するが、旭琉会富永一家の糸数真に射殺される。この糸数真というヤクザが、私のヤクザ時代の親分でした。

沖縄ヤクザのカリスマと出会う

私がヤクザの世界に入っていくのは、富永一家の糸数真総長に声をかけられたからです。糸数総長は、沖縄でもカリスマ的な人間でした。

一方、山口組は沖縄進出を計っていました。そして沖縄のヤクザを統一した親分の多和田真山は、三代目山口組の田岡一雄を後見人に、山口組系の親分と兄弟分の盃を交わしていた。兄弟分だと、どうしても大きいものに飲み込まれるのです。それで糸数総長は立ち上がる。

山口組の進出を阻止するために、沖縄ヤクザのトップの生命を取った。それが糸数総長です。体を張って本土の進出を食い止め、岐阜刑務所へ行く。懲役16年。だからスターです。刑務所から帰ってきたら、待っているのは出世コース。

糸数真総長は、やっぱり普通のヤクザと違っていました。体を張ってきただけあって、すごい重みがある。男の魅力があるのです。私はヤクザが嫌いだったけれど、イキったりアホっぽいやつらが嫌いだっただけ。與座先生じゃないけれど、そういう魅力ある人に出会うと、感激してリスペクトしてしまう。

なんといっても、糸数総長は山口組の沖縄侵攻を止めた人です。山口組を直接討ったのではなくて、山口組と結託して傀儡（かいらい）政権をつくろうとした多和田真山を襲撃した。

キューバでいえば、革命の闘士チェ・ゲバラみたいな存在です。アメリカの傀儡政権を革命でバッと倒したのですから、キューバの人たちも盛り上がる。私は、そういうイメージを持っています。

写真9　ヤクザ時代、公設市場にて

私の仕事が手広くなってきて、金も稼いで目立ってくると、ヤクザとの接点ができて、出会いが生まれます。ヤクザと飲み屋で出会い、名刺をもらったのです。糸数総長と飲みから、ちょくちょくご飯を食べに行ったりする関係になります。

糸数総長が、岐阜の刑務所から出てきて2～3年ぐらいのときだったでしょう。私を見ながら、

「ヤクザやったら、かなりいいところまでいくけどな」

とつぶやいた。スカウトです。この一言

で、私はヤクザになった（写真9）。29歳のときでした。

極道世界の歩き方

組長の放つオーラ

どんな組織でも、やり手で、傘下（さんか）の者はものが言えない、そういうトップがいます。二代目旭琉会の多和田真山親分は、沖縄を統一すると、それまでとは一変してすごい権力者になりました。すべての決定権を握り、上意下達（じょういかたつ）の組織にして、新しいシマ割りを断行します。その割り振られたシマ割りがきついとか、締めつけがきついとか、不満がみんなの中に充満したといわれています。

東京であれば、シマ割りして当たったところには、それぞれのおいしさがあるかもしれないが、沖縄でシマ割りして、サトウキビしかないところになったらどうなるか。沖縄の先輩たちが、みんな言ってたことですが「ウージ畑じゃどうしようもない」。それは不満が出るでしょう。

沖縄で、縄張りにうまみがあるのは那覇だけです。だから誰かが独占するのではなく、みんなが潜り込んでいてシマを分け合っていた。それを自分と側近だけに有利になるように変更したといわれています。なにがそうさせたのかわかりませんが、こういうふうに、人間が変わってしまう親分もいる。

その親分を倒した糸数総長がひきいる沖縄旭琉会富永一家は、超武闘派として有名です。でも糸数総長自身は、すごく紳士で、静かな人です。おしゃれなので、あんまりヤクザって感じもしなかった。オラオラ系のヤクザのイメージとは程遠いです。

静かなのですが、でも、一見してヤクザだとわかります。そして魅力的なオーラがありました。私が入った頃の糸数総長は50代だったでしょうが、ほかのヤクザと全然違って見えました。長いこと懲役に行った人の、独特な雰囲気を持っていたからなのか。月並みな言い方ですが、男の中の男という感じです。

ヒットマンというのは、殺すと決めて殺す。それを実行したら15年、20年の懲役とわかっていて、それでも行くわけです。ヤクザの中では、襲撃して殺すことを「仕事」というのですが、きちんと仕事をする。そうして15年、20年後に帰ってくる。これは、すごいことです。

九州の工藤會には溝下（みぞした）さんという親分がいました。溝下秀男（ひでお）といって、工藤會を一本にまとめあげた人ですが、富永会長と仲が良かった。私も何回かお会いしたことありますが、この溝下さんが凄かった。

空港にお迎えに行って初めて会いましたが、小柄だけど、あの人はなにかが違う。頭がすごく切れるので、ヤクザに見えず、政治家みたいな感じがするのです。

沖縄の富永会長と溝下さんはめちゃくちゃ仲良かったのですが、ヤクザの中でも、溝下さんのファンはいっぱいいいました。大原麗子(おおはられいこ)が愛人にいたとかいう噂もありました。

富永会長は柔道をやっていた人でしたから、体はまあまあ大きい。この富永会長も本当に別格の人でした。久米(くめ)島出身ですが、ヤクザとしては変わっていて刺青もしてないし、頭もよかった。

なんというか、宗教家みたいな感じがするのです。私は、ミャンマーに修行に行って、有名なお坊さんを見たけれど、そういう匂いと似ているのです。雰囲気が、宗教家っぽいのです。

ヤクザの義侠心

ヤクザといえばだいたい嫌われるけれど、有名な親分たちはどこか違うのです。そういう親分たちは、寿司屋でもクラブでも若い衆を連れて歩きます。格好よく30分ぐらいでさっと引き上げる。それで3倍ぐらいの金を払っていく。10万円のお会計のところを40万~50万円、パッと払って、パッと帰る。

渡された封筒には、迷惑料と書いてあります。そこにカタギはしびれる。ママ連中も、そのまわりにいる人たちもしびれてしまうのです。

山口組の田岡さんだって、神戸じゃすごい人格者だったそうです。山口組は地震で町が潰れて大変だったときに、本部を開放して炊き出しをやったり、何でも持って行けと、スーパー1軒分ぐらいの品物をそろえたそうです。陸路も全部止まっていたから、どうやって運んだのか、不思議なくらい生活必需品があったといわれています。

ゲオとかレンタルショップに行ったら、ヤクザものの映画がいっぱいあります。あんなことは、普通に考えたらおかしいでしょう。アメリカに行ったって、マフィアの映画なんて普通のところにはありません。

非常時に自らをかえりみず社会奉仕をする人たちが、一部には本当にいるんです。弱きを助け強きを挫（くじ）く、義侠（ぎきょう）心、任侠（にんきょう）の精神を持っているヤクザがいるのです。彼らは侠客（きょうかく）です。それがあるから、日本のヤクザはつぶれない。

下積みなしにエリートコースへ

ヤクザになると、普通はまず下積みがあります。事務所に当番で入って、電話番をしたり、掃除をしたり、組長の飼い犬のお当番をしたり。いろんなことをして5年なり10年を過ごすわけです。私は、そういうのはほとんどなくて、3年で組長になりました。

私が入った富永一家には、数々の抗争をしてきた先輩たちがいっぱいいる。みんな猛者です。いってみれば、組の金看板ですから、一筋縄ではいかない。若いやつが来て、そいつがどんどん上がってくるとなれば、当然疎まれます。エリートコースを行くには、それに潰されない知恵が必要です。

いきなり幹部となると、やっぱり組としての体裁もあるでしょうし、猛者は猛者で先輩としての意地もある。緊張を強いられることはいっぱいありましたけれど、結果的にそういうのも抑えた。力で抑えたり、知恵で抑えたり、金で抑えたり……。いろいろあるのですが、そうしながら駆け上がります。

29歳で組に入って、32歳のときには、もう三代目富若組組長です。しかも富若組というのは糸数真総長が初代です。たとえば糸数総長がのちのち旭琉會の会長になれば、私は自動的にその下にくるわけです。最高幹部の位置です。それぐらいのエリートコースだった。

私は糸数総長にすごく気に入られていたので、いつも一緒にいて、お話し相手になったり、飲みに行って一緒に飲んだりしていました。総長秘書にも抜擢されたから、位置的にいうとめちゃくちゃ特別です。会社でいえば、社長直轄の秘書室長という感じです。

後継者になることを期待して、それでスカウトしたと、周囲から〝ウワサ〟を聞くことがよくありました。まずは側近にして、ゆくゆくは跡継ぎをさせようというふうには思っていたらしいです。

ヤクザのてっぺんを目指して

富永一家は沖縄旭琉会の二次団体で、私は三次団体である富若組の組長でした。このときの組員は50名ぐらいです。高級車に乗って、運転手がいて、かばん持ちがいて、という生活でした。

32歳というのは破格の若さです。組長としては、めちゃくちゃ若かった。当時、私はバツ2ぐらいで、結婚はしていました。子どももいたし、いちばん脂がのってる時期です。勢いもあるし、金もある。ヤクザとしてもイケイケだった。

ヤクザの世界に入ったのは糸数総長に惚(ほ)れたということもあるけれど、やっぱり入ったからには、ヤクザのてっぺんを取ろうという気持ちでした。沖縄の頂点になることです。そこから一直線に、まずは三次団体の組長に到達した。

三代目富若組には「三心三主義」という指針がありました（写真10）。

【三代目富若組指針　三心三主義】

一、向上心――任侠道を追求し、人格を向上する事
一、闘争心――日々有事の際に備え、いかなる場合に於いても闘争心を持つ事
一、団結心――和を持って尊しとする事
一、救済主義――義侠心を忘れず侠としての人格を向上する事
一、成果主義――物事は結果をだす事
一、行動主義――行動が全てであり物事の始まりは我々の一歩と自覚する事

これを胸に、てっぺん目指して組長生活が始まります。

いざ組長になってみると、左うちわで余裕というわけではなく、やることがいくらでもあるのです。

まず、日常的に抗争がある。水面下の抗争です。勃発しないだけで、そういう抗争は毎月あります。そのために、当然ガードがいるわけです。

抗争以外にも、身内同士の喧嘩もある。もちろん収まりますけれど、それはもう毎日あります。どこか飲み屋で喧嘩になる。他の組の若い衆が暴れる。「それ、行ってこい！」という他の組とのトラブルもある。

シマには、知らぬ間に山口組が入ってきます。稲川会も入ってくる。コソッと入ってきて、

写真10　三代目富若組指針

金貸しをしたりいろんなことをする。情報が入ると、行って「おい、こら！」となるわけです。それで何かあったら抗争ですから。

こういうのが日常茶飯事だから、やることはいくらでもあるのです。

ヤクザは理念よりも金

沖縄で山口組が嫌われたのは、ヤマトンチュ（本土の人）ということもあるけれど、基本はやっぱり部外者ということです。はっきりいえば、食い扶持の問題です。部外者が入ってくれば、自分らの食い扶持がなくなる。

ヤクザというのは、やっぱり理念よりも生活です。右翼のように思想じゃない。

山口組が入ってくるのをたとえれば、自分のホテルがあって、隣にライバルのホテルが建つのと一緒です。しかもでかいホテルが建つ。それはもう相当なダメージになる。

思想うんぬんとかの話じゃない。きれいごとウンヌンじゃない。もうとにかく食うためです。食い扶持が減るからという、ただそれだけの単純な理由。だから本気になる。

下位の団体が上位の団体に上納金を納めるのは、当たり前。私たち三次団体のもので、月に2ケタぐらいだったか。二次団体の連中が一次団体に納めるお金は、私がいた時分は2ケタぐらい。

当時の沖縄旭琉会には富永一家があったり、功揚一家があったり、いろいろと20団体くらいある。それが毎月集まるわけです。そうすると3ケタとかが毎月集まるので、それで回っていく。

山口組なんかは傘下に100団体くらいあって、直参(じきさん)が100万円ぐらいだから、1億円ぐらい集まります。抗争でジギリをかけて(体を張ること)拘置所に入れば、必ず「直参が面会に行ってこい」となる。「行ってこい」というのは、100万円ずつ持って行けということです。

功労者に各団体が100万円ずつ持っていくと、すぐ1億円です。この手の金額のいちばん高いのは稲川会らしい。稲川会は相当高いと有名です。

ヤクザは自分の才覚で稼ぐ個人事業主

ビジネス感覚がないといいヤクザになれない

ヤクザは、組から給料なんてもらっていません。代わりに毎月、組に上納金を収めます。いわば、会費を払っている。会費を滞納したらクビです。ヤクザというのは、金をもらって動いてるような感じだけれど、逆です。みんなお金を入れて動いている。

給料なんかもらわないで、会費を払い、その会費を滞納したら、最終的にはクビです。考えてみると、おかしな社会だし、不思議な組織です。

ヤクザは個人事業主だから、金儲けの才覚がないと成り立ちません。ビジネス感覚がないと、いいヤクザにはなれない。

私の、ヤクザとしての一番のシノギは、ジャンケットでしょう。あとで詳しく説明しますが、これは入ってくる金の単位が巨大です。

あとは小さくても持続するシノギが主流です。沖縄では「カスリ」というけれど、守り代です。いわゆる「みかじめ料」で、普通のスナックだと月に３万円。ちょっとしたラウンジとか、大型店舗のキャバクラだと、10万～30万円ぐらい。

おしぼりとか、観葉植物とか、そういうものを入れてお金をもらうリースもある。氷屋とか絵画のリース業とか、合法的にやってるように見せていますが、それを高い値段で入れる。ソープだと30万とかで入れます。

継続するというのが重要です。毎月となると大きいですから。いまでいうサブスク（定期購入サービス）、それも高額サブスクです。

覚醒剤は、私はやってない。やっている人はいました。私の組でも、チンピラはいっぱいいたから、飯が食えない連中は覚醒剤をやっていた。あれは、シノギの才覚がないやつらがやるものです。覚醒剤を扱ってるやつらは「ちょっとうだつが上がらないんだな」みたいな感じで見られていています。

金の匂いを嗅ぎつける

耳にした話です。ヤクザ出身の国会議員であるハマコー（浜田幸一）さんが稲川会にいた頃のこと、千葉の中山競馬場に行ったら、「金の匂いがする」と言った。同行の人が「何ですか」とたずねると、「馬に食わせるエサ、これを握ればすごい収入になる」と。

そういうところにすぐ目がいくわけです。最初に銀座に行ったときには、「ああすげえな、金の匂いがする」「親分、ここはやっちゃだめだ」というやり取りがあったとか。いかにもヤクザらしい話です。

私にも、そういう嗅覚（きゅうかく）がありました。どこか出掛けたときに、「ここなら、あれができるんじゃないか」とか、シノギのことをつねに思っていた。

お金の原石があるのは、やっぱり盛り場、歓楽街です。オフィス街なんかは表のサービスで埋まっていて入り込む隙（すき）はほとんどない。

わかりやすくいうと、歓楽街はヤクザが警察の代わりになるところなんです。

スナックは、どこでも時間外営業でお酒を出しています。法律違反です。ソープも、風呂だけど風呂じゃない。そこでコンドームを使わず中出しされたとかトラブルがあっても、警察に言えないわけです。そういうときに、じゃあ誰に頼むのか。昔からヤクザに頼む。

そこで出てきて「おい、こら」とやるのが、ヤクザのニーズです。警察に頼めない人たちが、何かを守るために頼んで成り立っていたのが、シノギです。夜の飲食街なんか、みんな、必ずと言っていいくらい法律を破ってますから。

御曹司とデリヘル秘話

沖縄もパチンコは盛んです。ここでもヤクザは絡んでいる。パチンコ業界は、北朝鮮系だろうが、どこ系だろうが、ヤクザにはお金払う。払わないと、店に銃弾が撃ち込まれたりする。沖縄では、そういう事件がかつてありました。

あと、ヤクザが絡むのはイベント。イベント系も沖縄は独特で、いわゆる興行で芸能人が入ってくるときには、必ずヤクザが絡む。これについては、私自身が経験したちょっとおもしろい話があります。

ある歌でヒットしている歌手を連れてきて、沖縄でイベントを打った男がいた。那覇の国際通りのホテルで、私たちの傘下のデリヘルを呼んだ。私はその男が誰かは知らなかったのですが、そいつは覚醒剤が好きで、デリヘルの女の子に覚醒剤を入れて、やるのです。女の子が呼ばれていって、戻ってきたらちょっとおかしい。

うちのデリヘル業者は、薬物探知機を持っていました。覚醒剤が出ないか検査するフィリピン製の機器とか、髪の毛でマリファナを検知するものとか、警察が使うやつです。そうしないとリスクが大きい。

もし風俗嬢が一人でもクスリをやってたりしたら、店ごとやられます。だから、エイズじゃないかとか、性病じゃないかとか、未成年じゃないかとか、そういうのにすごく気をつかうのですが、いちばん気をつかうのは覚醒剤。

戻ってきた女の子をチェックしてみると、覚醒剤の反応が出たのです。入れたのはその客しかいない。そいつを押さえろ、ということになります。こういう場合は、フロント企業のちょっとごつい若い衆を使う。

その女の子を気に入ったんでしょう、男は、次の日も同じ子を呼んだ。「またやるから押さえてこい」と若い衆をホテルに行かせたら、やっぱりその客だった。

「どういうことだ」となります。すると男は「すみません」と小さくなって、２００万か３００万円ぐらいの金の束を積んだのです。

普通の人はそんなことをしません。「おかしいな、調べろ」と探っていったら、六本木のあるジャンルのオーナーだったのです。超有名人。ＹＭＯ、ユーミンを手掛けた名プロデューサーでした。旧財閥（ざいばつ）の孫。御曹司（おんぞうし）です。

私としては、これはおもしろくなってきた、となります。御曹司は、ヤクザと会うのは嫌がっていたけれど、間に人を入れて、会って話しました。

覚醒剤のことは警察には出さない。２００万だか３００万円だかもいらない。それより仲良くしようという方向に持っていきます。ちょっとお金を取るより、長く引っぱった方がいいのです。

「大物なのに、そんな覚醒剤なんかやったらだめだよ」とか言いながら、私のプランを話します。御曹司が興行したヒット曲の、沖縄方言バージョンをつくって、その頃私がかわいがっていた松山のキャバクラの女の子に歌わせてみたらおもしろい。この子にやらせろといって、話が途中まで進みました。

御曹司はオーケーしたのですが、私がパクられてしまって立ち消えになったという話です。実現していれば、結構当たったかもしれないと思っているのです。

チケットをさばく力

「興行を仕切る」とよくいいますが、ヤクザにお願いするいちばんのうまみはチケットさばきです。いちばんいい席は埋まるけど、イマイチな席は埋まらない。立ち見とかステージ脇とかは、安くてもなかなか埋まらない。

政治の票と一緒で、ヤクザの親分にお願いしたら、全部さばいてくれる。付き合いで、「おまえ、これ買え」「こっちも買え」「おまえも買え」と、実際に行く行かないは別にして、売り上げが上がるのです。

付き合いのある会社が、「すみませんけど、このチケット、5000円ぐらいのやつをどうにか300枚ぐらいさばいてもらえませんか」とか言って、お願いにくると、それを受けてさばくわけです。さばく力はヤクザとしての器量だったりするから、ちゃんとさばく。もちろん入ってくるお金の何パーセントかは手数料としてもらいます。

ディナーショーとかを、400万とか500万円で受けて、それでチケット売って儲けることもあります。これはもうイベント会社と一緒です。

プロレスとか、いまなら地下格闘技。ヤクザは、ああいうのも興行としてやります。なんとなく怖そうで、あまりうかつに文句も言えないみたいな人たちが仕切ってた方が、話がスムーズにいく。よけいな反発が起きないとか、他のヤクザとも話がつくし、その点は楽でしょう。

無料でストーカー対策も

これはべつにシノギじゃないけれど、私のところで多かった相談は、ストーカーです。キャバクラとかの女の子が、「ストーカーでこういうのがいるんですけど、どうにかしてくれませんか」と言ってくる。

「そうか、じゃあうちの若い衆に、人相が悪くてゴリラみたいなやつがおるから、そいつの妹と言え」とか、「そいつの彼女だって言え」と話します。これで解決します。

「ストーカーをファミレスに呼び出せ。ちょっとしゃべってやるから」と言って、相手のストーカーと会う。こんなゴリラみたいなのが来たら、もう一発でカタがつきます。それが噂になって、相談がいっぱいくるようになる。

でも、そういうのはお金を取らない。本当の話、人助けみたいになっていました。だって、そういうのからお金を取ったらセコいでしょう。

こっちは組長です。「それで3万円です」とか、弁護士みたいに「30分1万円です」とか、そんなセコいことはできない。

シノギの建前と本音

スナックからみかじめ料を5万円取る。こういう古典的なシノギは、組にいくら納めて、あとは自分がもらったとか、オープンになってます。周囲にもわかりやすい。

ヤクザの組織からすれば、シノギと上納金は、

「おまえは、うちの看板を使ってシノギをしてるんだから、看板料を出せ」

という理屈です。これは正しい。

いくら個人の努力があっても、それは組織のバックがあるからで、後ろ盾があるから喧嘩もできる。山口組とぶつかったって一歩も引かずにいられるのは、そういうバックがあるからです。だから、組織が優先されるのは当たり前。

でも新規事業開発みたいに、本当に個人の才覚でやるシノギは別。みんな手の内を見せない。私の大口のシノギだったジャンケットも、みんなにわからないように上手にやりました。

ヤクザって義理人情だ、男気だって言うけど、やっかみもあるし、実際にはヤクザ同士でチンコロ（警察に密告）したりするやつもいるんです。やっぱり情報をリークするやつがいる。

だからジャンケットのシノギは、周囲にほとんど言わなかった。

ただ、富永一家総長とかトップの人は、それぞれの組員が何をやって具体的にどういうふうにシノギをしているかは問題にしません。上場企業じゃないのだからすべてオープンにしなくてもＯＫ。

個人の才覚の部分はわからなくても、統制が取れていればいい。あとは毎月の上納金を入れていれば、特に文句はない。そこにいちいち口出しはしない。大きな組織としての統制が大事なのです。

カジノのジャンケットという大口シノギ

報酬は賭け金の40％

カジノで大金を熔かして捕まった大王製紙の井川意高さんのことは、みなさんご存じでしょう。100億円以上の金を使っている。私はこの件には関係していないけれど、こういう太客（金払いのいい太っ腹な客）はシノギの対象になるのです。しかも莫大な金がスッと入ってくる。

カジノの客をアテンドして賭けさせるだけで、賭け金の40％が入ってくると言ったら、信じられますか。このシノギをジャンケット（仲介業者）といいます。向こうのマフィアとつながっているのですが、一種の代理店です。ヤクザ時代の私の大きなシノギが、こいつだったのです。

韓国には、セブンラックとか、ウォーカーヒルとか、有名なカジノがあります。こういった韓国系のカジノに私は強かった。韓国の友人ができて、その人間がカジノ業界に強かったのです。そこに、相撲取り、会社の会長、プロ野球選手など、金をたっぷり持っていて、カジノで遊びたいVIP連中を連れていくのです。

向こうで賭けて負けた額の40％ぐらいがこちらに入るわけだから、1000万円すったら400万円です。ただ、私が連れていくと怪しい。現役のヤクザですから、ひと目でわかる。そこで、下請けのミニ代理店を考えました。私の代わりに、「社長、韓国行きたい。カジノ行きたい」とか言って、連れ出す役割です。それが各地のキャバクラの女の子たち。一人一人がミニ代理店となって、うまくいったら10％あげるのです。

カジノに一緒に行って遊びます。まあ、だいたい負ける。やればやるほど必ず負ける。１０００万円使ったら、ジャンケットの私に４００万円入ってくる。キャバ嬢には10％の約束ですから、１００万円あげるのです。このキャバ嬢のミニ代理店を、北はすすきのから、東京は六本木、銀座と、全国津々浦々につくっていました。

ナンバー3、4のキャバ嬢と組むのがコツ

こういうことは、頭を絞って考えつくものではありません。もう流れで出てくる。ヤクザで太い金づるを持ってるから、あちこちに飲みに行きます。北海道から、福岡へ行ったり、大阪の北新地に行ったり。北新地では一晩で１０００万円ぐらい使ったこともあります、人の金ですけど。

1回座ったら5万円の席とか、そういう夜の世界で飲んで、豪遊する話なんかをしてると、儲かる仕組みとか画（え）なんかが浮かんでくるのです。

「ああ、この女の子たちは太客をいっぱい知っているだろうな、使えるなそれは」

なんて閃（ひらめ）く。キャバ嬢にお金をあげるとほのめかして、

「太客の社長とかを紹介してよ」みたいになっていくのです。

そういうところの女の子は頭がいいから、自分の本当のタニマチは紹介しないものです。

だけど、この人だったらべつに連れていってガジっても（金を巻き上げても）いいかな、みたいな太客を持っている。ここが狙い目になります。

お店のナンバー1、ナンバー2の子は、乗ってきません。やっぱり金看板ですから、プライドがある。それで、ナンバー3、ナンバー4とか、中間ぐらいにいるキャバ嬢を狙って、ちょっと話を振ってみると、彼女たちの顔が輝いてくる。

韓国に行って、おいしいものを食べて、向こうがカジノで勝てば、「すごーい」とか言って、ヴィトンのバッグを買ってもらえる。負けたって10％入るわけですから、どっちに転んでもいい。彼女たちにしたら、すごくいい話でしょ。

ヤクザの上前を撥ねるうわ手

大王製紙の井川さんが遊んでいたマカオのカジノには、私の知り合いのジャンケットが入っていました。たぶん１００億円ぐらい賭けていますから、40％入ってきたら大きいです。あれも同じ仕組みです。ある女優がいて、その女優に引っ掛けられたっていう噂がありますけど、そいつもジャンケットのうちの一つだったんじゃないか。

日本の芸能界の人たちには、ラスベガスで定期的に遊んでいる人がいます。あそこでやると合法になる。ラスベガスにもジャンケットはいます。だけど、ラスベガスにヤクザが入ってるというのはあんまり聞いたことがない。アメリカは、そういうのは厳しいのです。

沖縄では、私のほかにジャンケットをやってるヤクザはいなかった。韓国のカジノには稲川会はいました。稲川会の結構上の人たちには、韓国系の人が多いですから、稲川会はジャンケットを持っています。ジャンケットもいるけれど、稲川会は向こうで金を貸していた。

カジノで賭けて負ける。これが普通です。金がなかった場合は、そこで借りて払うわけだけれど、日本に帰ってきてから払うということは基本的にありません。だからあっちでは、こんなことが起こっていた。

女の子を連れていくから、格好つけて賭ける。本当にどんどん賭ける。最低1000万円です。100万円とかはいない。最低1000万円。それでやっていると、熱が上がってくる。もうカネがない。でもやめない。

カジノにはまるやつはギャンブル依存症ですから。日本に電話して金を送らせたり、金を持ってこさせたりする。ヤクザの金融から金を借りたくないけど、最後はそこになる。ヤクザはパスポートを預かって、それで金を貸す。トイチですから大きいです。

その頃、上海人（シャンハイ）は1日で1億円賭けていました。私は爪を伸ばして、こいつらに絶対接触しようと思って、何回も上海に旅行に行ったものです。マフィアですが、いろんな中国人とつながりができたんだけれど、上海人はプライドが高い。彼らは韓国では賭けないのです。

韓国なんかで賭けるのはバカだといって、マカオで賭けていた。私は、残念ながらマカオの代理店はできなかったのです。

韓国のカジノを舞台にしたジャンケットでは、相当稼ぎました。月に4ケタの金が入ってくるときがありました。ジャンケットで儲けた大金を、日本にどう持ってくるか。それが大変です。

外貨規制で100万円以上の持ち込みは申告しないといけない。香港でマネロン（マネーロンダリング）しようと、現地の会社を買って、そこの口座に儲けた金を入れる。ところが、今度はそこで詐欺（さぎ）に遭ったりするのです。相手は詐欺師だから、手はずができている。金が入金されたら口座の元の持ち主に連絡がくるようになっていて、すぐそいつらがネットバンキングで引き出す。ヤクザのシノギを撥（は）ねるやつがいるとは、上には上がいるものです。

良いシノギ、悪いシノギ

刑務所でバカにされるシノギ

変なシノギをやる者も組の中にはいる。いちばん許されないシノギは、ポルノです。そういうのは恥ずかしすぎる。ポルノのＤＶＤを販売したりして捕まると、マジで殺されるぐらいのヤキが入ります。そんなのは本当に恥だからです。

泥棒もそうです。窃盗とか、コソ泥とかはクソ。ヤクザには、ヤクザの美学というものがあって、ポルノとか窃盗とかは許されない。強姦とか、そういうのはすっごい恥ずかしい。覚醒剤も同じですが、覚醒剤は建前的な部分もあります。

刑務所に入っていても、こいつはポルノを売ってたとか、みんなにわかるのです。やっぱりバカにされます。「あいつ、女を犯してるよ」とか、これもバカにされる。下着泥棒なんてよけいにそうです。でも、嘘をつくやつがおるんです。下着泥棒なのに、「いや、喧嘩して３名やっちまったよ」みたいなことを言っているが、よく聞いたら下着泥棒。そういうやつは相手にされません。

恐喝は理詰めでスマートに

ゆすりとか、恐喝、カツアゲみたいなことは、普通にやります。そういうのは恥ずかしいことではない。むしろ、やったというと褒められる。暴行とか、傷害とか、恐喝とかいう粗暴犯は、「ああ、いいじゃねえか」「元気があっていいぞ」っていう感じです。

暴力団っていうだけあって暴力は褒められる。それは、たぶん原始的だからでしょう。原始的なものはいい。ちっちゃいときから、喧嘩が強いとか、殴るとか、そういうのが当たり前の連中が集まっている。本能ですね。教わって身につくものではない。

カツアゲというと、気弱そうなサラリーマンに、「おい、ぶつかったじゃねえかよ」とか言って、金を脅しあげるみたいなイメージがあるようですが、何も関係ないやつには、そんなことはやらない。

恐喝はスマートにやるのです。ヤクザはなんでも結構スマートにやる。

デリヘルの女の子に中出しとかされたら、そいつのところに行きます。でも「おまえ、こら!」とはやらない。いかにもそういうことを言いそうな感じのやつが行って、静かに、「君ね、だめだろう。こんなことしちゃ、だめだぞ。子どもが生まれたらどうするの。免許証、ちょっと見せてごらん。おまえ、こんなことすると、親が泣くぞ」

みたいに理詰めでいくのです。

漫画とか映画では、出ていくときに「オラオラ」がものすごい。みんな暴力ギラギラですが、そんなのない。地上げでもそうです。ある程度スマートにいくのです。テレビドラマに出てくる「おまえ、こら!」みたいな、いかにもな地上げは成功しません。

ヤクザだから暴力あるよ、っていうのはもちろんあるけれど、やっぱりある程度は理性があっての話です。私も闇金系のマンガを描いている知人がいて、何回か本物のネタを提供しました。

警察にマークされたら

私は、30歳のときに初めて実刑を食らいました。売春防止法違反幇助(ほうじょ)。刑期は2年4ヵ月。この売春防止法違反幇助というのは、でっち上げみたいなものです。

赤ちょうちんとか「ちょんの間」が並んでいるような、真栄原新町(まえはらしんまち)（宜野湾市(ぎのわんし)）という繁華街、当時はまあ、売春街ですね、そこにある店でシノギをしていました。

警察は、ヤクザの私がそこで営業していることを知って、狙ってその店に入ったのです。そういうところですから、当然、売春がおこなわれている。

店の権利自体を売った後のことだったから、そのときは他人の店です。でも、警察は私を狙っていますから、そこをなんとかこじつける。それで幇助ということを持ち出してきた。狙われてしまったら、なんでもありなんです。

警察にマークされてからは、相当捕まりました。刑務所にも行きましたが、不起訴になったのもいっぱいあります。捕まって23日の勾留(こうりゅう)期間イッパイで不起訴とか、起訴猶予で裁判にはならないとか。刑務所までは行かないが、とりあえずとっ捕まえて、拘置所にぶち込む。そしてなかなか出さない。

34歳のときには恐喝罪でも捕まっています。うるま市に富若組の事務所を兼ねた自宅がありました。そのリフォームをめぐって、恐喝でパクられた。

それはこういうことです。請求書を渡されたときに、その頃乗っていたセンチュリーを見せて「センチュリーにごみがついたぞ。これ、おかしいだろう」みたいなことを言った。ヤクザにこんなこと言われたら、まあ怖いでしょう。それっきり金を取りに来なかった。「取りに来ないなら、払わないでいいんじゃないの」とそのままにしていたら、恐喝になったわけです。

事務所の改装工事をして、その代金を払わない。これが、ヤクザだと恐喝になるんです。改装代という工事請負側の債権を、こちらが履行しなかったわけだから、普通にいえば未払いだけど、恐喝になってしまう。

うちの事務所の前で警官が盾を持ってズラッと並んで、出入りを止めているところがニュースで報道されました。

喧嘩と金がヤクザの本分

ヤクザの喧嘩は掛け合い

私は、子どもの頃から喧嘩は強かったですが、喧嘩といっても、腕力の喧嘩、気力の喧嘩、知力の喧嘩と、年齢や環境と共にいろいろ変わっていきます。

ヤクザの喧嘩の真髄は、掛け合い（交渉）です。暴力にパッとなるようでは、たいしたヤクザではない。勝負は場数なんです。どれくらいさまざまな場数を踏んできていて、対面してどういう言葉が出るか、どんな瞬発力があるか。その勝負です。

糸数真総長を見ていてすごいなと思ったのは、その掛け合いの迫力です。

ヤクザですから、喧嘩になります。対立する組織と、たとえば山口組と喧嘩になる。こっちの若い衆にちょっと落ち度があって、向こうにさらわれたとする。さらわれたら、ヤキをバンバン入れられる。もちろん「すみません」なんて言わない。そんなこと言ったら向こうに笑われる。

向こうは何を狙っているかというと、金です。こっちのヘタ打ったやつをどうにか金にしよう。けじめを取ろう。それで、「おまえ、この野郎」ってヤキを入れる一方で、相手の組に連絡を入れます。

「こいつがヘタ打ちやがって、うちの縄張りで××して、こうなってる」という連絡がきます。さあどうする、となるわけです。

こういうときにヤクザは、いろんなことを考えます。揉めたときでもそうだし、人が刺されたとかでも、血のバランスシートだから、いろんなものを考えないといけない。それで、どうするかとなったときに、そのヤクザの器量が出ます。

うちの糸数総長を見ていて、私は、ほんとにすごいなと思った。静かに話をするわけです。自分の組のものがヘタを打って、「どうするんだ」と相手の組が迫ってくる。糸数総長は、こう言ったのです。

「もうええよ。殺して連れてこい」

「懲役行ったら、差し入れ、私もするから」

そして電話を切った。

こういうことが言えるかどうか。これが、ヤクザの掛け合いのすごいところです。

向こうは、殺しても何の得にもならない。長い懲役行ってこい、と言われても、15年行くと考えたら、頭痛くなります。そういうふうにするのが掛け合いの上手さです。

それがちょっと下手だと、すごい抗争になったり、もっと傷が深くなったりする。そのときに、パッと機転が利いたことを言えるかどうか。これが、場数を踏んでいる人の言い方、やり方、戦略なのです。

一瞬にして場をつかむ。やっぱり親分になるような人は、そのへんがすごい。

相手が黙ってしまうようなことをサラッと言っておいて、最後は一人で相手の組に乗り込んで、その若い衆を連れてきたりするわけです。もちろん、若い衆は殺されていない。ボコボコの目には遭っているけれど、自分がヘタ打ったんだからしょうがない。これでトントン、五分五分で終わりにする。

ヤクザというのは、格闘技が強いというようなものじゃなくて、そういう斬れる掛け合いの呼吸があるかどうかなのです。

上納金のために腕を落とす

私の知り合いで、上納金を払えなくて、溜めてしまった者がおりました。そいつは自分の腕を1本落として、上納金３０００万円を払いました。本当の話です。

昔、フィリピンでは、ロレックスとかはめていると、手首が切られる事件があったのです。高級腕時計を奪うために、手首ごと切って持ち逃げするんですね。そのときに手首を切られた人には、保険金が満額出る。いくらいくら出たという話が、日本のそのヤクザにも伝わってきたのです。

そこで、自分の腕に保険をかけて、フィリピンで腕を1本切り落として、３０００万の保険金満額を手に入れて、上納金を払った、というわけです。

腕一本切り落とした後で、じつは保険がきかないなんてなったら最悪です。でもロレックスごと手首を切られた事件があって、本当に保険が出たよ、いろんな人たちに保険金が下りたよ、というのがわかった。２０００万とか３０００万、満額近く出てるよと。

そうなんだ、それいいね、俺も腕に保険かけて切っちゃおうかっていう話。

手首がなくなっちゃうと満額出るってネタを保険金詐欺に使おうっていう発想です。いま、何が流行ってるか、何が起こってるか、という情報をちゃんと見極めて、これは利用できるなと考える。

上納金を納めるために、そこまでする。上納金を納めないのは、ヤバいことなんです。

犯罪も計算ずくのプロ

上納金を納めないとどうなるか。まあ殺されるまではいかないけど、でもやっぱりそこはヤクザですから、絶対金は取ります。

家族とか親戚一同も調べて、親戚一同まで追い込むことはないけれど、でも本人は徹底して追い込まれます。どんなことをしてでも、お金をつくらせようとします。マグロ漁船に乗せるとかもあるし、原発に行かせるとかもあるでしょう。

ヤクザが金をつくらせるときは、脅していくんですけれど、そこもやり方はスマートにいく。殺したら意味ない。金が取れないですから。パッと逃げられても金が取れない。そこらへんをうまくやるわけです。そのさじ加減が上手なのです。

ヤクザには、これは冤罪（えんざい）だと思う事件がなんとなく鼻でわかります。ヤクザというのは、事件を計算するプロです。金を計算して事件を起こすプロが、ヤクザなのです。

恥ずかしい事件だけれど、窃盗に入るとします。窃盗で入るときは人がいないときにやれというマニュアルがある。もし家の中に人がいて、押し倒して軽傷にでもなったら強盗になる。強盗というのは初犯でも5年いくのです。

だけど、人がいないときに入って、お金を盗れば誰も傷つけない。それでパクられたら執行猶予です。全然、刑が違うのです。

ヤクザは、刑をつねに計算しています。抗争するときでも何をするときでも、つねに刑は計算している。だから、そこらへんの弁護士より刑法は詳しいのです。そうしないと、ヤクザで生き抜けない。

私が、和歌山毒物カレー事件の林眞須美（はやしますみ）は冤罪だと思っているのは、そういうところからきています。あいつらは、本物の詐欺師です。それで金を取るのだから、人を殺したら意味がない。必ずそういう計算をしています。ヤクザの発想と一緒です。だから絶対にあれは殺していない。

上に行く人、チンピラ止まりの人

チンピラはなんでチンピラかというと、金に対する態度からそうなるのです。

チンピラでも協力者ができます。応援するやつができるわけです。それをいいことに、そいつを食ってしまう。金を借りたりして、それで返さない。30万円借りて返さない、50万円借りて返さない。そうすると、相手も嫌になる。関係性が崩れてきます。

そういうことを、よくやるのがチンピラです。上に行く人たちはそういうことはしない。でもチンピラがそれをやる。協力者を丸ごとガジってしまう。それで、まわりに人がいなくなる。

自分に対して協力してくれる人たちは、ある意味「資本」です。人的資本。だから、上に行く人たちはちょっとガジる。人間観察力があるから、徹底的に嫌がられないように、ちょっとガジっていく。

貧すれば鈍するじゃないけれど、チンピラは、金がないからガブッといくわけです。すると、まわりから人が去っていき、よけいに金がなくなる。それでヤケになって傷害事件でも起こせば、チンピラの完成です。

そしてシノギがないので、クスリに手を出して、自分もいつしかクスリに手を出す。ミイラ取りがミイラになるのがよくあるパターンです。

刑務所での転機

ヤクザ時代の私は、刑務所には２回入りました。沖縄刑務所に２年４ヵ月、福岡刑務所に2年間です。拘置所には10回、留置所には20～30回は入っただろうし、逮捕は数えきれない。

この２回の刑務所暮らしを挟んだ32歳のときに、ヤクザ入りわずか3年で沖縄旭琉会の三次団体、三代目富若組の組長になり、富永一家の総長秘書に抜擢されました。じゃあヤクザとして得意の絶頂だったかというと、かならずしもそうではなかった。

それは、沖縄刑務所で服役した２年４ヵ月の間に、独房入りがあったからです。そこで私は一種の覚醒体験をします。それが何なのかを知らないまま、出家という対極にある生き方に惹きつけられていきます。

ヤクザの親分になったとはいいながら、ぐらぐらと地面が揺れるような安定しない日々が始まってしまった。ヤクザの世界でてっぺんを取ろうと思っていた私を、思いもかけない波[は]

波瀾万丈な展開が待っていたのでした。

第4章　独房の闇、覚醒の光

刑務所で体験した極限状態と覚醒

刑務所の中で起こした国賠訴訟

小さなきっかけが、あれよあれよという間に新展開をして、人生をガラッと変えてしまうことがあります。それまで潜在していたいろんなものが絡んでいて、一気に表に飛び出してくる。その過程ですべてがわかってしまう。じつにおもしろいものです。

沖縄刑務所に入っていたときに、嫁さんがくれた手紙が、私の手元に届かなかった。それがはじまりでした。そこから何かが動き出したのです。手紙を刑務所では信書といいますから、これは信書の遅延です。信書が遅延して、11日か10日間ぐらい遅れた。担当の刑務官が忘れていたのです。

私の嫁はそれを渡したというが、私は受け取っていない。刑務所に面接を求めます。「こうなってるけど、手紙はどこに行ったのか」「わからない」。で、謝りもしない。まあ刑務所は謝らないところなのですが、頭にきた私は、刑務所内にいたまま、弁護士には頼らず、一人で国家賠償請求訴訟（国賠訴訟）を起こすことにしました。

手紙の交付の遅れが訴訟のメインですが、どうせ裁判をするんだったら、ほかにもいろいろ入れよう。刑務所の処遇改善をやろうか。いろいろ考えて調べます。ＮＰＯの監獄人権センターに問い合わせしたり、日弁連（日本弁護士連合会）に聞いたり、共産党のところに聞いてみたり、もうありとあらゆることをします。

いろんな要求を入れます。横須賀刑務所の外国人受刑者と日本人受刑者は、処遇が違うのです。外国人受刑者の方が、起きるのがちょっと遅かったり、暖房がちょっときいたり、食べ物もステーキとか食べてる。おかしいでしょ、日本の法律が、といって、そういうことも入れて訴えます。

裁判が始まり、メインの信書の交付遅延の原因が明らかになっていきます。担当が、手紙をポケットに入れたことを忘れ、お家に持って帰ったという話で、この部分に関して勝訴になります。要するに職務怠慢、注意義務を怠ったという違反です。

判決が出ます。国は、原告である私に11万円の支払いを命ずる。ステーキの方はダメだったから、一部勝訴です。国は控訴しませんでした。

受刑者がこういう訴訟を起こし、しかも勝訴した。組長がやったとは出なかったけれど、沖縄タイムスだったか琉球新報だったかに、紙面の半分くらいの大きさで記事が載りました。

VIP待遇から一転、厳正独居へ

そんなこと可能なのかとみんな言うけれど、六法全書を読んでやれば、できるのです。差し入れしてもらった、「ロス疑惑」の三浦和義が書いた『弁護士いらず』という本もあった。これは本人訴訟のマニュアル本で、いい参考になりました。

訴訟は難しいといえば難しいけれど、訴状の書き方がわかればいいので、簡単といえば簡単でもある。まあ、刑務所の中にいて暇だったということもある。とにかく私は、暇がだいっきらいな男ですから、めんどくさければ、めんどくさいほど燃えてくるのです。

刑務所側にすれば、それは腹が立ったでしょう。弁護士を使わないで、毎回私自身が、裁判所に護送されていくわけですが、「受刑者のくせに、あいつがまたドライバー付きで行くわ」とシャクだったでしょうね。逃げないように、3名ぐらい護衛がつくような感じで運転していくから、まるでVIP対応です。

しかし刑務所は、やられっぱなしではいなかったのです。勝訴したのはよいが、「お上に反発するなんて、なんだ、こいつは」と、目をつけられたのです。

その頃、沖縄の刑務所には「厳正独居」という独房がありました。いまはありません。拷問等禁止条約というものがあって、これは拷問である、という見地から廃止になったからです。

が、私はそれに入れられてしまった。甘く見ていましたが、とんでもないところでした。想像を絶する2年間が待っていたのです。

独房で極限状態に追い込まれる

厳正独居には、刑務所長の権限で入れられました。べつに暴れるとかの理由がなくても、処遇困難者ということで入れられる。それまでは雑居房にいて、日々刑務所の木工工場で「棺おけ」をつくっていました。60名くらいの受刑者と一緒に、広い場所で働いてました。

しかし、ある日突然、「おまえ、今日からここ入れ」と連れていかれたところは、トイレが付いた3畳くらいの独房です。

壁には鉄板が貼られていて光は入らない。時計もない。ただそこで座っている。寝そべったり、伸びをしたり、体操をしたりすることも許されない。寝るのは夜9時。9時から朝6時までは布団敷いて寝ているが、それ以外はずっと座っている。監視カメラがついていて、それで一日中監視されているのです。

他の受刑者との接触も断たれた。唯一（ゆいいつ）、風呂のときだけ出ることができるが、週2回、15分だけ。昼間は電灯で明るく、本は読める。刑務所にある図書館のとか差し入れしてもらった本とかを比較的自由に読むことができる。

いろいろ読みましたが、パッと思い出すのは、やっぱりアウシュビッツ、ナチスの強制収容所に入れられたことを書いた『夜と霧』。これを読んでみたいと思って、官本を借り出しました。自分とすごくダブって見えて衝撃的でした。苛酷な状況とか、希望をなくさないとか、生き延びるとか、読めば読むほど、自分と重なってくる。人間が生き切るためのものが、いろいろと考察されていますが、とにかく印象的だった。

厳正独居に入って1～2ヵ月ぐらい経つと、だんだん気がおかしくなってきました。眠れないし、朝とか晩とかの感覚もなくなる。そのあたりから異常をきたしてきます。強迫神経症みたいに手を洗う。手のひらがもぞもぞしてきて、何回も洗わないと気がすまなくなる。そのときは、あんまりおかしいとも思わないのですが、手の皮がボロボロになるぐらい洗うのです。

今度は、目ん玉がずっとけいれんしっぱなしになったりする。幻聴が聞こえてくる。なんか文句を言われてる感じがつねにあるのです。そうしてひどく不安になる。その不安がどうしても取り除けない。そのうち、もう死んでしまいたい、という自殺願望が出てきます。

光に包まれる覚醒体験

不安で不安で、その不安がどうしても取れない。でもなんとかして早く不安を取り除きたい。そうしないと、一刻も生きていられないという感じです。いろんな健康の本を読んだり、宗教やスピリチュアルの本を読んだりしました。でも取れない。

それで坐禅（ざぜん）をして、瞑想（めいそう）をしました。来る日も来る日もそうしていたら、そのあたりから、ちょっとずつ変化が出てきました。

だいぶ心が落ち着いてきたのがわかりました。自分の心の反応、感情とかが、客観的に見えるようになってきたのです。ゆっくりゆっくり、いろんなものが見えてきた。

そんなあるとき、あれが起こった。光が出て、なにもかもがキラキラと輝いた。体もそうだし、もう全部です。部屋全体も光に包まれました。

最高に気持ちがいい。呼吸が止まり、すべてが止まり、世界とか私という感覚もなくなった。

それが起こって、すごく楽になったんです。きりもなく涙も出てくるし、すごい喜びです。ものすごく静かなんです。心の中が見えます。いろんなものが見える。自分が思っていることが見えてくる。そんなことが、頻繁（ひんぱん）にちょこちょこ起こる。それが続いたのです。

こんなことは、なんだかわかりようもありません。何が起こったのか、なぜ起こったのか、知りようもない。極限状態まで追い込まれ、死ぬ境までできてのことかもしれないし、気が狂ったのかもしれない。気が狂わないための、体が持っている防衛反応が起きただけかもしれないし、私には何もわかりませんでした。

わかっていたのは、不安が消えて現れた静かな心地よさ、そして強い喜び、心の中で起こっていることが見えているという不思議です。

やがて2年4ヵ月の刑期が終わり、出所となります。動かなかったので足もすっかり細くなり、組の若い衆が迎えに来てくれたときは、刑務所から出て歩くのもやっとでした。

弱さを隠すためにヤクザをやってきた

なぜヤクザをやるのか

坐禅をするときには、呼吸を数えています。数えていると、いろんな巡り巡ってくる思考が出てくるわけです。あいつに金貸したな、返さんなとか、お腹空いたなとか、過去とか未来のことが、あれこれ浮き上がってきます。

それは全部、頭の中のことです。自分の頭の中で浮かんだり消えたりしている物事であって、自分ではない。本当はそうなんだけれど、そういうことが人間はわからなくて、それに引っ張り回されている。それを、いちいちつかむからです。

　それをつかんで放さないでいるのは、自分です。自分でつかまないこともできるし、それをただそのままにしておくこともできる。そのことを体験するのが、瞑想とか坐禅です。

　やっているとわかるんですが、自分がつかまなければ、どんなことであっても、通り過ぎていく。すべてのことは、電車に乗っているときの窓の外の風景みたいに、ただ通り過ぎていく。それが、あの体験の中で決定的にわかったことでした。

　つまり、こだわりの構造がわかってきた。

　人間はそれぞれ、こうすべきだとか、これこれが自分の信念だとか、固定した観念があります。その人の、こうやるべきだ、こうやるんだ、という奥には、何があるのか。こうすべきだ、という奥には、潜在的な思いがあります。

　人間は怒りますが、怒りの下には自分が認められたいとか、わかってほしいという感情があるんです。カッカして怒っている感情、表面的な薄っぺらい感情の下には、かなりいろんなものがある。そういう下地が見えてきました。

　すると、ヤバいことも見えてきたのです。私はなぜ、ヤクザをやっているのか。その下にあるものが見えてきたのです。

　いままで自分を守るために着ていた鎧（よろい）や兜（かぶと）の下に、裸（はだか）の、本当の自分がいることに気づいた。

回る扇風機

ヤクザとしてやってきたことは、悪いことだとは知っていました。でも、それは社会が悪いといっているからで、自分が悪いなんて1ミリも思っていなかった。

恐喝が悪いとか、脅しが悪いとか、法に従わないのは悪いことだから刑務所に入るとか、それは頭ではわかっている。けれども、刑務所に入っている自分が悪いなんてことは、1ミリも思っていやしない。

人を殴ったって騙したって、自分は悪いとは思わない。「そいつが弱いんだから殴られたってしゃあないやないか、俺の方が強いんだから」ということしか思ったことはなかった。1ミリも自分の中に問題があるとか、自分の中に迷いがあるとかなんて思ってない。それが崩れたのです。

こういえば、わかってもらえるかもしれません。扇風機が回ります。回っている扇風機の絵を原始人に描かせたら、一つの円に描くでしょう。普通のわれわれもそうかもしれない。だけど、あのときの私は、なんか知らんけど、静止画のように一枚一枚の扇風機の羽根の形が見えたのです。

　扇風機というものは、丸く見えるけれど、円盤ではない。その元に一枚一枚の羽根があって、それが高速で回っており、それが丸く見えているだけなのだ、ということがわかった。つまり、自分の心のシステムが見えたのです。

　心の根っこには、不安とか、承認欲求みたいなものとか、怒りとか苦しみとかがあり、それが回ったものを自分だと思っていた。そういうことがわかったわけです。

　いちばん困ったのは、自分が群れようとしている、という自覚が出てきたことです。

　自分がヤクザをやってきたのも、ヤクザとしていろんなことをしてきたのも、自分の中の弱さという羽根が回っていたのだ。いままで自分が弱いから威張ってきた、強がっていたんだ、とわかったのです。

　自分は強いからヤクザになったつもりだった。でもヤクザをやってきたのは、自分が弱かったからだ。弱さを隠すために、ヤクザになって、群れて、いろんなことをやってきたんだ、と気づいてしまった。

　これは、すごい衝撃でした。

　ヤクザをやってるのは、仮面をつけているんだと気づいた。ヤクザは鎧だった。自分はその鎧を着てるんだってことに気づいたら、今度は、その鎧をものすごく窮屈（きゅうくつ）に感じてきたのです。

自分の心が見えて悲しい

それまでも、自分の内面のことを考えたことはありました。心理学の本なんかも読んだことがあったけど、本当に体感したことはなかったのです。味わったことがなかった。「あそこのラーメンうまいよ、これこれこうなんだよ」と聞いたって、わかるようでわからないでしょう。じかに食べたらたちまちわかる。

仏教でいう「冷暖自知（れいだんじち）」です。自分がじかに食べたら間違いようがないわけです。誰がどう言おうが、もう確実にわかった、となる。

冷暖自知で、私は意外な自分の感情を味わっていました。自分の弱さがこういうことだったんだ、とわかったのは衝撃でもあったのですが、すごく悲しかったのです。

ヤクザでいることが、どんなにきつくなってきても、ヤクザをやめるなんてことはありえない。親分や組織に忠誠を誓（ちか）い、ひたすら信じていく。親が言うなら、黒いカラスも白いカラス、それがヤクザです。

でも、私は別の道が見えてしまった。信じていた道は本当の道ではなかった。新たに見えた道が真実だとわかってしまったのです。

光に包まれて静かな心境になったけれど、結局のところ、苦しくて悲しかった。ヤクザとしての自分に迷いが出てきたから苦しいし、自分の心が見えるから悲しいのです。

エリートヤクザの自分は消えた

葛藤の苦しみ

出所してからのシノギは、やりづらさがどんどん強くなっていきます。ある種の抵抗感が出てきたのです。

「俺は今までたくさん人を傷つけ、苦しめ、裏切り、騙し、ときには暴力をふるって痛めつけてきた。酒を飲んで暴れ、迷惑をかけ、家族にも心配をかけてきた……」

そういう自分の姿に気づき、今までと違って罪の意識が出てきました。

結構稼げているのに、お金に対する関心そのものが持てなくなってきた。自分の中に出家願望が出てきて、外の世界はもういい、みたいな感じになっていた（写真11）。

だけど子どももいるし、やめたら沖縄で生活ができないとか、命を狙われるんじゃないかと思うと、簡単にはやめられない。コンビニのバイトみたいに「やめます」なんて、あっさ

写真11　ヤクザでいることに迷いが生じてきた

り言うことはできない。

だから、つらかった。自分を偽っている感じもあるし、ヤクザ社会に、どっぷり浸かっていたということもあるし、とにかくつらかった時期です。

やめることを考えるその一方で、組の者の面倒を見なきゃいかんって気もあります。自分の中身はもう変わってしまったのに、まだ頭の中ではどこか、元の自分に戻りたいとしがみついている部分もある。組長ですから、その葛藤がすごかった。

「じゃ、あばよ！」みたいな感じで別の道に行ければどんなに楽か。マンガだったら、刑務所で神秘体験みたいなのをして、パッと新しい世界に飛び立っていくんでしょうが、やっぱり現実は、そううまくはいかなかった。

結局そのあと6年間、すったもんだ、すったもんだをやりながら、ヤクザを続けます。

神とか愛をブログに書く変な組長

私の人間が変わってしまったなんて、まわりはそんなこと理解できない。私自身でさえ、あのときのことは本当に何だったのかな、と振り返ることがあるくらいです。

それを考える手がかりは、当時しきりに書いていたブログです。何を書いていたんだろう。どう書いていたんだろう。そう思って、自分のブログを検証したりします。

いまでも、あのときのブログの文章を見ることがあるけれど、別人が書いているようです。ずっと、神のこととか、仏のことを書き続けています。愛とか、タオとか、真理とか、そんなことばっかりヤクザの組長が書いてるわけですから、普通の状況じゃない。相当強烈な何かが起こっていたのは間違いない。自分でも本当に不思議です。

ヤクザの組にいながら、組織や組員とはしっくりせず、それまであった調和が崩れてしまった。自分自身の中にも、断絶が起こりました。それまでは宮崎学とか、右翼の野村秋介とか、そういういろんな外の方面の探求が好きだった。それが一気に逆転して、自分の心の内側に向かっていった感じです。

エネルギーが一気に内側にブワーッと向かっていって、内側の探求を、内側の探求をと、内側だけに夢中で、外側に興味が持てなくなったのです。

理解されない孤独

刑務所でのその覚醒体験を、出てきて誰にも話さなかったのかといえば、話したこともある。でも「頭がおかしくなってる」と思われただけです。なにしろ厳正独居に2年いたのだから、発狂と思うのが普通です。

ヤクザの世界では、霊的な話に触れることがないのかといえば、しばしばあるのです。ある男がなにか霊的なことを言えば、それはスピリチュアルじゃなくてクスリです。

「あいつ覚醒剤で、いっちゃってるよ」

「あれ、ちょっとヤバいんじゃないの」

ヤクザの世界では、霊的な話題はそういう受け止められ方です。

シャブ中は「那覇県警がUFOと組んで、ガサ入れようとしてる」なんてことを真剣な顔で言う。当然「バカじゃないのか」となる。

ヤクザ社会は、そういうところなので、私が自分の神秘体験のような話をしても、「やっぱり厳正独居2年はきついな」と言われてしまう。話はそこでぷっつり切れて、続かない。

糸数総長に、「お坊さんになりたい」と話したこともあります。そのときも、あんまり真剣には取り合ってくれなかった。そういう話をできる人はどこにもいないし、ヤクザ社会に戻ってきても、孤独感はすごくありました。

「本当に弱っちい人間になったな」

そこから酒の量が増えたり、酒でヘタを打つことが多くなったりで、荒れることが多くなりました。飲み屋に行って、絡んで捕まるとか、店員を殴ってしまうとか、そういう酒グセの悪いところが出てくる。自分をすっぽり包む闇があって、その闇の中でどんどん酒に飲まれていくような感じです。

私は、ヤクザの親分の生き方に憧(あこが)れて、自分もそういう生き方をしたいと思ってきたはずです。金の切り方が見事だとか、任侠(にんきょう)だとか、ヤクザは格好いいと思っていたのに、いま、自分は酒に飲まれて、その店のボーイを小突(こづ)いている。そういう自分に嫌気がさしてくる。イメージしていた格好いいヤクザの真逆の姿になっている。

輝かしかったヤクザの自己像が、酒に飲まれていって、だんだん失われていくのです。いままで、ヤクザのエリートとして身につけたいろんなテクニック、ノウハウ、知恵とかが、全部だめになって、なんでこんな弱い人間になっちゃったのか、と悩みます。

覚醒体験で、弱さに気づいただけじゃなくて、

「本当に弱っちい人間になったな」

という絶望感の中にいました。

刑務所内で九州四社会と大乱闘

二度目の刑務所入り、15対2の喧嘩

葛藤の中で組長をしていたけれど、そんなことお構いなしに警察はマークしてきます。事務所の改装工事代を払わず、因縁をつけて迷惑料をとったと恐喝罪であげられ、福岡刑務所に2年間入りました。

ここでは喧嘩もした。大乱闘です。九州のヤクザといえば、荒っぽさで名高い工藤會を含めた九州四社会（工藤會、道仁会、太州会、熊本會）という団体があります。そこの連中と刑務所の中で喧嘩になったのです。向こうは15人、こっちは2人。私と、東京の怒羅権（ドラゴン）という中国残留孤児グループの人間。こいつが私の助っ人につきました。

きっかけは、このとき獄中で私が書いていた雑誌の連載記事です。ヤクザの愛読誌でもあるアウトロー雑誌『実話マッドマックス』に「獄中処遇改善闘争記」というタイトルで1年間、連載していた。前回服役した沖縄刑務所で起こした訴訟の顛末（てんまつ）とか、刑務所内の内情を書いていました。

刑務作業のミシン工場で朝イチに、関西を拠点にした広域暴力団と九州広域暴力団との殴

り合いの喧嘩が起きた。そのことを書いたのです。具体的な人物や組織名は書かず、そのときの臨場感を書いたのですが、これが当人たちにはおもしろくなかったのでしょう。

「少しよろしいですか」と集会場で声をかけられた。

物言いは柔らかいのですが、もう相手は殺気に満ちている。ヤクザを長くしているとそういう殺気はすぐにわかります。私も無言で喧嘩の態勢をとる。集会場の隅に連れていかれ、15人に囲まれた。

私は、喧嘩は先手必勝という信念がありましたから、誰から襲おうか考えていたところに、怒羅権の男が助っ人に駆けつけ、一気に大乱闘になりました。殴り殴られ、蹴り蹴られ、そのあげくは25日間の懲罰房入りです。

当時は福岡刑務所でも九州の広域暴力団同士が抗争をしていた。刑務所側は警戒（けいかい）して、刑務作業の各工場に関東、関西、九州のヤクザが固まらないよう、勢力を振り分けたりしてました。沖縄出身のヤクザは私だけ。福岡の刑務所ですから、地元意識もあって、沖縄のヤクザを懲（こ）らしめてやろうという気もあるでしょう。危険をかえりみず、助っ人についてくれた男には本当に感動しました。

工場内にはハサミやハンマーなど武器になるものがいくらでもあります。風呂場で襲われたりすることも多いので、服役中はつねに神経を尖らせていました。

そんな中でも瞑想はしていました。その時間だけが、自分になれる時間だった。いまでもそうですが、坐禅や瞑想は生活の一部になっています。瞑想といっても、当時は自己流です。仏教の本を読んで、そのまねをします。ヴィパッサナーというブッダの瞑想をやったりしていました。

反権力のマグロ

『実話マッドマックス』というアウトロー雑誌とのかかわりは、Vシネマの小沢仁志さんが連載していて、その後の連載をやりませんか、という流れではなかったかと思います。連載は1ページだから、1000字ぐらいだったか。全国で流通している雑誌に書くわけだから、沖縄のヤクザにしては、顔はまあまあ売れます。刑務所側は相当嫌がっていたけれど。

ヤクザとしては、私は相当に変わってる方で、ブログも持っていたし、書くとか読むとかが好きです。そのへんを見込まれたのでしょう。私も連載を楽しんでいました。中学生のときに、アジテーションして授業をボイコットしたり、弁も立ったし、人を動かすのは得意だったから、ここでもその才能を活用していた感じはすごくあります。

振り返ってみても、私のテーマはいつも反権力です。右翼のときもヤクザのときもそう。

反発する力でやってきた感が強いのですが、それがないと生きにくかったんじゃないかとも思います。

反発心というのは、振り子と一緒です。右に振れないと左に行く力がない。いま考えると、そうやって自分の闘志みたいなものを奮い立たせて、それで生きている実感を手にしていたんじゃないか。

無理してたんじゃないかとも思います。行動するエネルギーが、反権力とか反発心で、マグロみたいに泳ぎまくっている。つねに泳いでないとだめ。止まることが怖い。コマみたいに、止まったら転んでしまって、死んでしまいそうな気がしていたんでしょう。

この反権力という志向は、覚醒した後も続いています。別のものに移行しそうなものだけれど、あんまり薄まらんかった。反権力は、やっぱり沖縄の土壌みたいなものだと思います。

足を洗って沖縄から飛ぶ

一切を捨てる

福岡刑務所を出所した翌年の２０１１（平成23）年、二つに分裂して抗争していた沖縄の

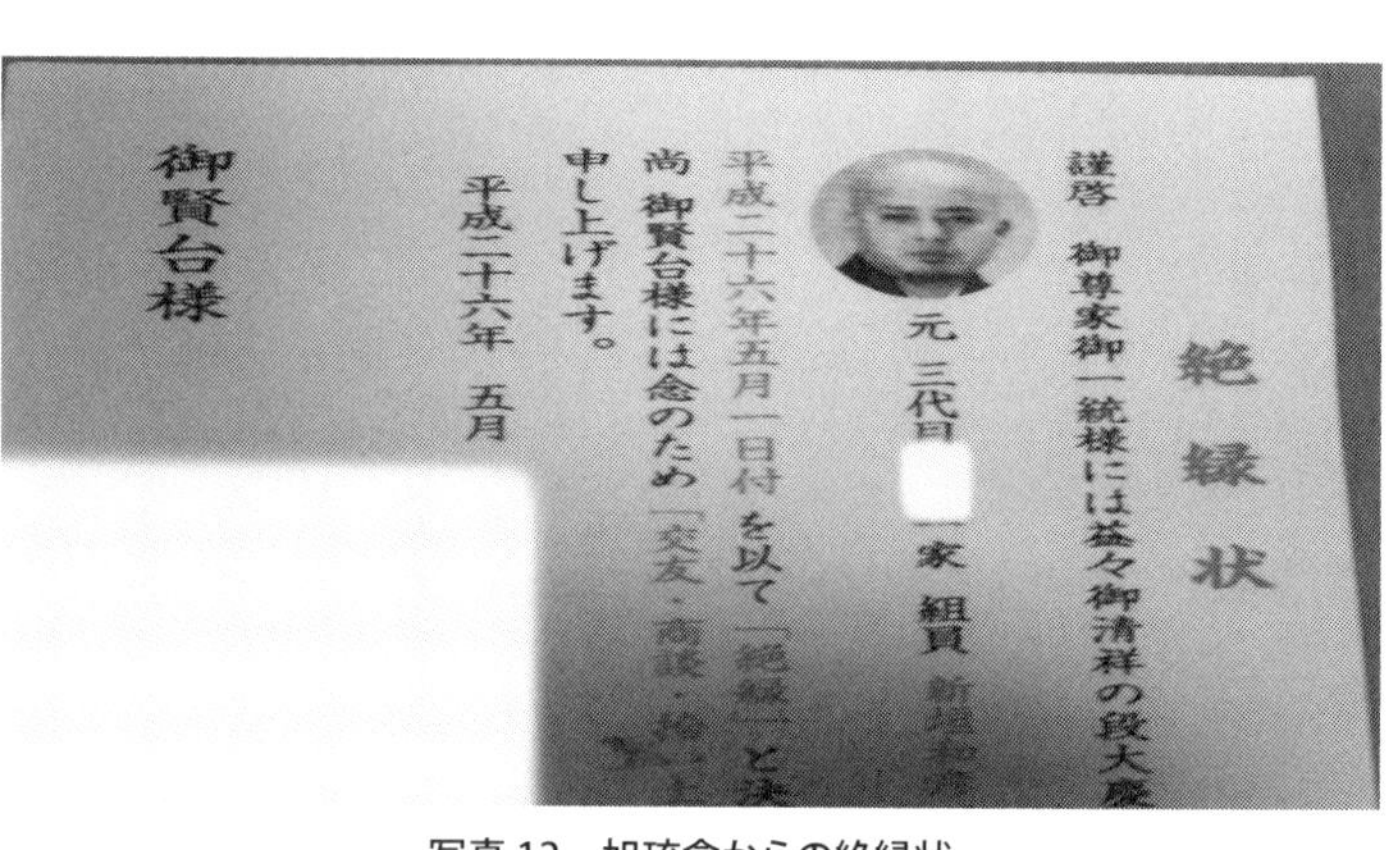

絶縁状

謹啓　御尊家御一統様には益々御清祥の段大慶

元　三代目　一家　組員

平成二十六年五月一日付を以て「絶縁」と

尚　御賢台様には念のため「交友・商談・

申し上げます。

平成二十六年　五月

御賢台様

写真12　旭琉會からの絶縁状

ヤクザ組織は、旭琉會として一本化します。これは悲願だったわけですから、素晴らしい出来事のはずです。しかし私には、そういう流れが目の前を通り過ぎていく、という疎遠な感じがするだけでした。

その3年後、40歳になった私は一切を捨てることを決意します。足を洗うことを申し入れて、受け入れられず、妻とは離縁して「飛んだ」。飛ぶというのは、姿をくらますということです。

正式に離婚したのは、家族に危害がおよばないようにするためです。私が飛んだあと、彼らは沖縄で生きるわけだし、母子手当なんかももらえるから、形式上ではなく正式な離婚です。それで、私だけ飛んだのです。沖縄で生きるという選択もあったけれど、狭いところだからそれは難しい。

飛んだことが発覚すると、絶縁状が全国のヤクザに回されます（写真12）。

ヤクザ社会の処分には、除籍、破門、絶縁とあって、絶縁というのはいちばん重い。どれぐらい重いかというと、私と仲良かった他のヤクザ組織の人間がいるとして、そいつが私とお茶を飲んでいるところを組の者が見たら、たちまちその組織と抗争になるくらいです。「なんで俺らが絶縁したやつと、おまえ、仲良くしてるんだ。一切の交友をするなと情報を送ってるだろ」と、抗争勃発。絶縁というのは所払いで、ヤクザ界は、絶縁した人間とは一切関わらないという掟（おきて）なのです。

元ヤクザへの偏見の目

なぜかカタギの人も、ヤクザをやめると、その後の生活が大変だと知っています。5年間は口座がつくれないとか。結構苦しくて、舞い戻っちゃう者もいるとか。そんなことを知っている。

実際、ヤクザに戻る者は多いのです。本当に多い。一般社会に受け入れ態勢がないからです。私みたいな人間でも、一時期は過去を隠した方がいいのかなと思うときもありました。

私は、ヤクザだったことをオープンにしてきましたから、何かがあると疑われる。そういう偏見の視線にも出合いました。出家した寺のそばのコンビニに、強盗が入った。私がその近くにいるということで、疑いの目をかけてくるのです。なんで俺が強盗をするか。ものすごく心外です。

ヤクザ差別はあります。それでも受け入れてくれる心豊かな、優しい人たちもカタギにはいっぱいいます。でも基本は、やっぱり関わりたくないと思っている人がほとんどでしょう。

縁を切る難しさ

足を洗うときは、やはり金です。いまはもう、指を詰めるというのはあんまりやりません。組織としては、指飛ばしたってしゃあないし、お金をもらいたがります。しかし、金を用意したからやめさせてくれ、と言っても、簡単にやめさせてもらえない。ヤクザというのは巧妙なので、ちゃんとやめられる人はほとんどいないのです。

組長クラスが1000万とか大金を積んで、円満にやめたいと思っても、企業舎弟にさせたり、何かあったら声がかかってきたりする。結局それではヤクザの周辺者ということですから、何のためにやめたのかわからない。

やめるんだったら、きっぱりそういうラインから切れたい。戻るような関係だったら意味がない。

組長がやめるというのは、なかなかのことでした。何があったんだろう、と沖縄では結構衝撃だった。警察も、カムフラージュじゃないかと疑っていました。シノギがやりにくくなったから、カムフラージュして、シノギ側に行ったんだろうという見方もしていました。たぶん糸数総長からも事情を聞いて、外とも話してのことだろう、新垣はシノギ上手だしね、という見方をしたのでしょう。

旭琉會の新しい勢力をどこかにつくるんじゃねえか、とも疑っていたでしょう。だからこそ、私はきっぱり縁を切りたかった。きっぱりやめるには、飛ぶしかないというのが私の出した結論でした。

それで覚悟して飛んだところ、何もなかった。何もなかったというのは、直接撃たれたり、襲われたりしなかったということです。嫌がらせはありました。沖縄のヤクザじゃないけれど、ヤクザがやってきた。

私が寺で修行しているとき、黒塗りのアルファードが2台ガーッと来て、ガーッと窓を下げる。４名ぐらい乗っていたけれど、誰も何も言わない。ただ監視するだけ。彼らもプロだから、何か言うと捕まると知っています。

ありがたい恩情

いちばんありがたいなと思ったのは、沖縄の家族に危害がなかったことです。これには本当に感謝しています。糸数総長だったから、というのもあるんじゃないかと思っています。

結果的には、金は一銭も払わずうまく逃亡できたということになりますが、組織もいろいろ考えたと思います。当然、もっと追い込んで金を取りたかったかもしれない。だけど、私はこういう性格です。「窮鼠猫を噛む」可能性もある。そのことは、組織はいちばんよくわかっている。私が何かしたら、幹部そのものに追及の手が及ぶ可能性がある。私はカタギですから、当たり前ですが、何かあれば警察に相談する。

万が一、私が何かバラしたら、とも考えたでしょう。だから、腹は立つけれど何もしないでおこう。私をどこまでも追い込まないことにしよう、そう考えてくれたのでしょう。

組の者からも、必死で説得されました。本当に涙を流して、考え直してくれと言われました。私も本当に苦しかった。そういうものがあっても、私はそれを振り切りました。

実際に私がカタギになって警察から連絡がきたこともあります。組織を去った人間だから「組織の都合の悪い情報」をチンコロしてくれるとも考えていたことでしょう。

しかし、私は墓場まで持っていくつもりです。ヤクザは馘首になったが、まだ男として生きていくつもりです。

第5章　日本の坐禅、ミャンマーの瞑想

ヤクザの前からやっていた坐禅

寺や道場で修行三昧の日々

沖縄から飛んでどこに行ったかというと、寺でした。ヤクザをやめた後、まず始めたのは兵庫県の安泰寺(あんたいじ)での修行です。このお寺は、自給自足の修行道場を持つ、曹洞宗(そうとう)のお寺です。訪れると、かくかくしかじかで背中に彫り物があって、という自己紹介になりますが、お寺はそんなことに全然こだわりなく、普通に「どうぞ」とウェルカムです。そこはやっぱりすごいなと思いました。

曹洞宗は道元(どうげん)がはじまりですが、道元の『正法眼蔵(しょうぼうげんぞう)』を覗(のぞ)いてみても、何が何だかわからない。まあ、そのわからないことがおもしろいともいえる。いまの私は、道元は好きです。

道元は、修行があって悟(さと)りがあるんじゃなくて、修行そのままが悟りだと言っている。小僧が偉くなりたくて修行する。偉い坊さんになって悟るわけじゃなくて、修行そのままがもうそのまま仏だ、悟りなんだ。悟りというゴールがあるんじゃない。そういうことを言っています。

修行をスタートさせると、2、3ヵ月で他の宗派のお寺に移動して修行します。私は仏教を知りたかったのですが、仏教といっても、日蓮宗、曹洞宗、真言宗といろいろある。神仏習合の修験道の道場にも行き、滝行もしました。まったくわからない手探りの状態からですから、いろんなことを体験してみたい。それが一つの希望だったのです。

右翼の時代から仏教学者の鈴木大拙とか、坐禅系の仏教書は読んでいましたし、刑務所の厳正独居で苦しみながら瞑想や坐禅をしたのは、そういう下地があったからです。

首里城の横にある臨済宗系の興禅寺というところに、いまは亡くなった崎山崇源という老師がいたのですが、右翼のときにはちょっと坐禅を組みに行ったりしていた。それは、本当にちょこちょこっとでしたが。

アルマーニと坐禅

私の長男の名前はゼンです。坐禅の「禅」。20代の頃にできた子どもに禅と名付けるくらい、禅が好きになっていた。右翼の活動をやりながら、坐禅を始めたのは、思想をもつ右翼として心酔していた野村秋介さんも坐禅をしていたし、本で山本玄峰老師を知り、ああこんなお坊さんがいるんだ、という衝撃を受けたあたりが始まりでしょう。

山本玄峰老師は、静岡県三島の臨済宗・龍澤寺の禅師で、終戦の詔勅、いわゆる玉音放送の「堪え難きを堪え、忍び難きを忍び」の文言を進言したといわれています。戦前は共産党闘士で鳴らし、戦後は実業家・フィクサーとして名を馳せた大物・田中清玄を出家させたという方。

歴史のいろいろな場面で禅が出てくる。明治維新を起こした人たちは坐禅していたし、「一人一殺」の血盟団事件を起こした井上日召（国家主義者）とか四元義隆（後年、吉田茂、竹下登ほか総理の陰の指南役といわれた）とかも、みんな坐禅で修行している。坐禅から思想や行動が出てきているんです。

私が初めて坐禅を指導してもらった崎山崇源老師は、この山本玄峰老師のお弟子さんで、アメリカにも行かれていた方です。たまたま調べたら、首里城の横の寺におられたので行ったのです。

普通に考えても、23、24で坐禅堂に通う若者は、変わり者です。まして私はアルマーニとかのスーツを着て、お金をたくさん稼いで使いまくってた時代でしたから、オフのときに坐禅堂に通っていたのは、どこかやっぱり行動の振れが大きく、極端なんでしょう。

出家して、名を玄龍と改める

沖縄スピリチュアル

子どもの頃から、霊感が強いとか、スピリチュアル的な体験はありました。一時期、大阪在住の頃に、おかあがキリスト教の教会に通っていました。クリスチャンではなかったのですが、貧しかったから、心の拠(よ)りどころがほしかったんでしょう。私も連れていかれるうちに、そういう体験がちょこちょことありました。

ふいにイエスの言葉が出てきたり、ビジョンが見えたりしましたが、ちっちゃい頃です。小学校1年になるかどうかの幼い歳です。

沖縄には、霊を呼び寄せるユタがいます。だから、沖縄の人はそういう傾向が強いのかもしれない。即興で踊るカチャーシーとか、エイサーとか、沖縄の人はよく踊ります。一種のトランス状態になるのですから、これも同じ系列です。

旧盆の最後の日に踊るエイサーは、念仏踊りからきているという話があります。沖縄の方言では「念仏回り」と言っています。念仏の回り。一遍上人(いっぺんしょうにん)の、踊念仏(おどりねんぶつ)から流れてきているという話もあるようです。

沖縄は独自だといっても、本土となにかしらの交流が見られるということでしょう。沖縄には昔からのお寺はないが、神社はあります。護国神社とか戦争中に日本がつくったものがあります。琉球古神道(りゅうきゅうこしんとう)という宗教はアニミズムで、石を神様としているし、水を信仰するのもあって滝行とかします。八百万の神みたいな信仰です。

久高島は琉球開闢神話に出てくるところで、「神の島」と呼ばれてます。その久高島の古神道は、もともと日本の神道とすごい深いつながりがあった。そういう話も聞きます。本当のところはわかりません。

八百万の神の原始的な宗教観は、沖縄文化の中にもあります。それが紀伊半島の熊野にも通じている。熊野は補陀落渡海が盛んで、沖縄にもニライカナイ信仰がある。両方とも海の彼方に神仏の理想郷があるという信仰でしょう。私なんかは、熊野に行ったら、ああ、ここ沖縄っぽいなと思うんです。こういうあたりのことが、私のスピリチュアル的なもののベースかもしれない、とも思います。

ヤクザの儀式も沖縄流

ヤクザの儀式も沖縄は独特でしょう。組に入るときもいわゆる盃事、親分子分の盃を受けた、というふうにはしますけれど、よく映画で見るようなああいう感じではなかった。儀式を仰々しくやらない。上部団体の会長の代替わりとか、会の大きいイベントだったら、ちゃんと仰々しくやるけれど。

結局そういうことは、金がすごくかかります。ムダなことはやりたくないし、私のいた組のような三次団体では、中途半端になる。そういうところは、とても沖縄っぽいと思います。だいたい、沖縄の人には天照大神（あまてらすおおみかみ）なんて関係ない。盃事のとき本土のヤクザはそういう掛け軸を飾りますけど、沖縄にはありません。私のいた組は、富永一家では金看板の部類ですけれど、そういうところも、きっちりしてはいませんでした。

　盃をいただくことは一応やるけれど、べつに紋付（もんつき）を着るわけでもない。やろうにも、その紋付袴（はかま）もほぼみんな持っていません。そういうのは金がかかるからやっぱり省略化されて、普通のところで、「はい。じゃあこれ盃だ」みたいな感じのノリでやっていた。

　ちゃんとしてなくても、盃をもらうというのは憧れというか、通過儀礼というか、それなりに感慨深いものがあります。では、そのときの盃は、今どこにいったのか。ないんです。どこいったのかわからない。過去の物はほとんど今ない。

　組の代紋（だいもん）はありました。バッジはやっぱり格好よかった。金とかプラチナのやつです。でもいまは、あれを見せたら威嚇（いかく）となり、暴対法で捕まる。バッジも出したらいかん、名刺も切るな、刺青も見せたらダメ。刺青はまだ背中にありますが、バッジなんかは、どこにいったかわからない。もう全然、執着（しゅうちゃく）も何もないんです。

元極道の密教僧侶ヒーラー・正仙兄

正仙兄（しょうせんにい）――私が日頃そう呼んでいる方は私を出家の道へと導いてくれた恩人です。渡部（わたなべ）正仙、東京在住の密教僧侶ヒーラーです。

正仙兄と呼ぶのは、極道渡世（とせい）の兄貴、舎弟のそれではなく、お寺の世界で兄弟子に当たることと、道の先人として尊敬している人物だからです。

現役の頃、ヤクザでいることが苦しかった私は「元ヤクザで僧侶」「元ヤクザで牧師」などとネットで検索し続けていました。正仙兄の記事を見つけたときは、必死で読んだことを覚えています。

「元ヤクザで、しかも元組長で、出家して僧侶になり活動している方がいる」、その事実に心が震（ふる）えました。

当時の私の頭の中は仏教のことばかり。「カタギになり出家したい」「仏門を歩みたい」、そんなことばかり考えていました。そんな中で希望が見えた。大袈裟（おおげさ）ではなくて、同じ境遇（きょうぐう）で先を歩んで活躍している先達（せんだつ）がいることは、後から続く者にとって道そのものです。

正仙兄もカタギになるまでさまざまな困難を乗り越えてきたそうです。そんな記事を読み続けて、私の心の中であふれかえる何かが生まれました。

そしてある日、私から正仙兄へメッセージを送ったのです。それが現在の仏縁につながっ

写真13　2014年9月16日、真言宗系の寺院にて出家得度。左が著者、中央奥は立ち会いの渡部正仙氏

ている。そう振り返ると、本当に会うべくしてお会いしたというしかありません。現在でも私の数少ない相談役であり理解者だと感謝しています。

いろいろ心配をかけたりしましたが、大きな慈悲で私を見守ってくれました。

出家、伊勢に根をおろす

ヤクザになったとき、おかあや妹は、「なんか嫌だな」とは思ったでしょう。でも面と向かって言われたことはありません。しかし、出家のときは、めちゃくちゃ喜んでくれました。

9月16日は、うちのおかあの誕生日。そして２０１４（平成26）年9月16日、私は伊勢で出家しました。寺は真言宗系の寺院です。出家得度の際の立ち会いは、正仙兄に務めていただきました（写真13）。

得度して名前を玄龍と変えました。裁判所でちゃんと改名の手続きをしました。これは自分でつけたのですが、山本玄峰老師の「玄」を取ったものです。だから、真言宗が自分の宗派ということで、玄龍というのは真言宗の法名ということになります。

ヤクザをやめて5年間はアパートも借りられないとかいわれていますが、私の場合、3年間は寺で修行していて寮にいたし、出家して名前が変わっているから、口座もすぐつくれたし、携帯電話も自分で借りられたしで、そういう苦労はしなくてすみました。

ヤクザ時代は、シノギでしこたま稼いで、派手に飲み歩いて金をばら撒いていましたが、出家したら収入はゼロです。まるでゼロではなくて、ほとんどゼロ。

縁あって、伊勢に住むことになったのですが、それが伊勢神宮の式年遷宮の翌年でした。20年に一度の式年遷宮のブームの余波で、参拝する人や観光客がいっぱいいました。町角で3時間ぐらい托鉢していると、1万円ぐらいお布施が鉢に入っていたことがある。ありがたいことです。いまはそんなに入りません。でも、3時間やると3000円とか5000円ぐらいはいただける。これで生きていけたのです。

出家得度した後、3年間はお寺で修行させてもらいました。一からお経を覚えたり、掃除をしたり、お寺の下働きをする。そこのお寺は、ペット供養もしていたので、その法事の手伝いもしました。

寮を出てからは、住職の昔の家をお借りしました。だから、好きに行動ができた。家賃は安く、２万円にしてもらって、托鉢のお金でやらせてもらっていました。

こうして、沖縄ヤクザ時代とはガラリと変化した暮らしが始まりました。現役時代に比べたら貧乏この上ないですが、神仏に生かされて仏道を歩める。感謝の念でいっぱいでした。

四国遍路を野宿で行脚

光の体験の意味を追う

出家した翌年、四国遍路を野宿行脚（のじゅくあんぎゃ）することを思い立ちます。いろんな考えがあってのことですが、いちばん大きな思いとしては、刑務所のときの体験があります。あの電撃的な体験のことです。突然の神秘的な光があった。あれは何なんだ、とヤクザをやりながらもつねに思っていて、その体験の強烈さは、私をヤクザをやめるところまで持っていってしまった。

仏道に入って、最初は曹洞宗で坐禅をしたのですが、曹洞宗では、ああいった光の体験は魔境と呼んでいた。自分のさまざまな体験に囚われると不自由になる、ととにかく否定する。野狐禅という言葉まであります。まだ悟ってもいないのにそのつもりになるという意味です。悟りでも覚醒でもない。光とかには意味はない。そんなものに実体はないんだ、というわけです。

でも私は確かに光を見たし、それで心が平安になったし、おかしいなと思います。日蓮宗でもそれがない。

しかし、真言宗の開祖である空海を調べていくとあるのです。空海・弘法大師が四国の室戸岬にある洞窟に入って、虚空蔵菩薩の真言を唱えていたら、明けの明星がバッと口に飛び込んできたという記述が。

光なんかないと言われたけれど、これこそ光です。光というものが、真言宗の中に、日本の仏教にあったんです。

真言宗の寺で出家した私は、ごく自然に、四国の寺々を巡るお遍路に行きたいと思うようになりました。空海のした体験を、同じ場所に行って坐って体験したい。これが私を遍路に誘ったいちばん大きなものだったと思います。

ハードな野宿行脚でぶっ倒れる

春に旅立ちます。四国遍路を野宿で行脚して、全部歩こうとしたのですが、58番札所の仙遊寺を終えてぶっ倒れました。山本玄峰老師も同じコースを行脚しています。老師はもともと目が不自由で、願掛けをするために行脚していたところ、倒れたりしています。歩いてみると、やっぱりきつかったです。

写真14　四国八十八ヵ所巡り。第38番霊場がある足摺岬にて（左が著者）

野宿ですから、テントとか寝袋とか背負って歩くのです。お金もなかったのですが、お金の問題ではなく、もう少しハードにいきたいな、という気持ちです。お遍路さんたちのための民宿みたいなのもあります。でも私は、もう少し修行系でいきたいなと思ったのです。

飯はコンビニで買ったりしましたが、四国には古くからの文化があって、お遍路を接待してくれるのです。見ず知らずの者に、弁当なんかくれる。それもびっくりしました。

巡礼の白装束（しろしょうぞく）で、菅笠（すげがさ）をかぶって、寝袋やらを背負って、てくてく歩いていくと、どんどん修行僧みたいな気分になっていきます。嬉しかった。やっといろんなしがらみを捨てて、いま、やりたいことをやれてるなという感じです。どっぷり仏教に浸（ひた）っている高ぶりがありました（写真14）。

空海は香川の人です。四国遍路のお寺は全部真言宗。八十八ヵ所巡りは、徳島から始まります。徳島～高知～愛媛～香川がルートですが、私は、徳島～高知～愛媛まで行って、香川の前で、熱中症になって倒れた。だから、まだ巡礼するお寺は残っているので、楽しみではあります。

いまどきの巡礼は、2回に分けて行くとか、途中電車に乗るとか、タクシーで巡るとか、修行とはほど遠い感じもあるようですが、修行として歩く人をいくらでも見かけました。いまでも、行き倒れみたいな人がいるのです。

トイレで自殺している人もいた。ああいう人たちの感覚は、私にはわからない。遍路に来て歩いて無事に帰っていく人がいる一方、死ぬか、どうするかで迷って、そこで本当に死ぬ人もいる。四国遍路しながら死んだら救われると思う、そういう補陀落渡海（ふだらくとかい）（補陀落浄土を目指して船で単身渡海する決死の行）思想みたいなのがあるのでしょうか。

ニミッタという光を知る

歩いている人の中には、元プロ野球選手の清原和博もいました。清原は、事件を起こして懺悔の巡礼だったのでしょうが、ちょっと横着していた。テレビクルーが来ているときだけ荷物を自分で持つけれど、いなくなると、ほうってしまう。人に持たせている。

それを目撃している巡礼たちは、みんなカンカンになっていました。「清原が歩いとった」「あれはだめだ」「全然修行になってない」とか、地元の人も含めてみんな厳しいことを言っていた。

四国のお遍路のルートの中に、空海が悟ったという洞窟があります。室戸岬のそこを通るのが、巡礼のメインイベントです。私にとってもそうで、やっぱりそこを見たい、そこで坐禅をしたいという気がありました。

空海が修行したと思われるところを探して、坐禅を組みました。ここで空海は覚醒した。そのとき、金星の光が口の中に入ってきた。唯一日本の仏教の中でクローズアップされている光の体験は、その空海の光だけですから、私はわくわくしました。だけど、坐ってみたものの、あんまりしっくりこなかった。

巡礼から戻ったあるとき、鎌倉で一法庵の住職をしている山下良道さんの書いたものを読んでいた。すると、ミャンマーの瞑想のプロセスには光のことが書いてあるという。その光は禅定だと認められているらしいのです。

寺院に長く引き継いできたブッダの瞑想の中で、ニミッタという光が現れる。私はとても驚いて、即座に「こりゃミャンマーに行かなきゃいかん」と決心しました。

瞑想ビザを取ってミャンマーへ

ミャンマーの仏教は、テーラワーダ仏教といって上座部仏教です。日本の仏教はインドから中国に渡った大乗仏教が中心で、テーラワーダ仏教とのつながりはまれでしたが、鈴木一生さんという方が現れて、変化をもたらしました。テーラワーダ仏教のスマナサーラ長老を招致して、日本のテーラワーダ協会をつくり、スマナサーラ長老の本も出版されるようになりました。

鈴木さんは不動産企業の会長でしたが、テーラワーダ仏教にはまって、ミャンマーの寺院に寄付していました。私は、鈴木さんにお願いして、さっそくビザの手続きをします。

ミャンマー政府が出しているメディテーション（瞑想）ビザというのがあって、3ヵ月間行けます。1回目は3ヵ月。2回目からは1年ぐらい行ける。これは、修行する人が、瞑想しに行くためのビザです。

次々とミャンマーに、寺院に必要な建物を寄付していた鈴木会長の紹介が効いたのか、私はメディテーションビザを手にします。いざ、ミャンマーへ！　思い起こせば刑務所で、あのとき妻の手紙が遅れたのが仏縁になるのですから、人生はおもしろい。

ミャンマー瞑想修行で光を再体験

パオ森林僧院の修行

ミャンマーのパオ森林僧院瞑想センターがあったのは、その名のとおり深い森の中でした。世界各国から瞑想の修行者たちがここに集まってきます。都会からは、はるかに遠く離れています。ここに泊まって、どこか観光しようというわけにはいかない。そういうインチキはまったく通じないくらい森の奥です。ただ、修行するのにお金はいらない。タダです。

パオ森林僧院につくと一時出家の得度式をおこない、私は「ケヴィダ」というミャンマーの僧名をいただきました。ケヴィダとは「悟りに至るもの」という素晴らしい意味です（写真15）。

ここでの生活は、朝は3時半から4時ぐらいに鐘が鳴ります。それを合図に起きて、すぐ瞑想します。野犬がいっぱいいて、まだ真っ暗い中に合図の鐘がバーンと鳴り響くと、それ

写真15　ミャンマーのテーラワーダ仏教で「ケヴィダ」という僧名をいただく

に合わせて、一斉にウォーンと遠吠えをします。それが、なんか、ものすごい。野犬にエサをあげているから、僧院まわりに集まるのでしょう。

日本のお寺の修行とはかなり違っていて、向こうは、本当に「ザ・修行」という感じです。お金に触れてはいけないし、沈黙行だからあまりしゃべらない。歩いているときも瞑想です。

朝と昼の1日2食。ミャンマー料理で結構量はあります。ブッダが亡くなったのが、傷んだ豚肉のせいだといわれていて、それを午後食べた。そのために腸チフスになったということで、午後は食べない。水はめちゃくちゃ汚くて、最初は必ず下痢します。

ミャンマーもインドも、ものすごく暑いです。だから朝3時、4時ぐらいに起きて、ずっと瞑想しています。僧院には、シーマホールという大きいホールがあって、夜の8時ぐらいまで、そこでずっと瞑想です。休憩をちょっと挟みますが、基本ずっと瞑想。私は、いまは1時間ぐらいがちょうどいい感じですが、ここでは平気で8時間くらい坐っていました。それでもしっかり集中していました。

行動する僧侶たち

ミャンマーでは、お坊さんが掃除することはありません。日本は、それも修行だといって、堂内も便所も庭も自分たちで掃除をします。作務（さむ）というのがそうですが、ミャンマーは掃除させない。瞑想と托鉢（たくはつ）だけ。掃除はまわりの、普通の人たちがします。掃除なんてさせたらだめだという感じで、修行一筋です。

バスに乗ってもお坊さんたちの優先席があるし、本当に尊敬されています。ミャンマーの男の子はみんな出家体験をしますが、日本でいうと七五三みたいな、あんなイメージです。ある年になったときにする、お祝いみたいな感じの出家で、一つの儀式として修行させる。

私は、そういう若いお坊さんとも一緒に瞑想をやりました。シーマホールは１００名ぐらいが坐れる広さで、ブッダの像もあり、そこでみんな坐って瞑想します。蚊がいっぱいいるから、蚊帳（かや）の中で瞑想する。

ミャンマーでは、ブッダの時代のしきたりをずっと今に残していました。持っているのは、衣（ころも）3枚と托鉢の鉢だけ。衣はえんじ色の布で、広げたのを体に巻きつけます。みんなで托鉢に村を回っていくと、食事を入れてくれます。

当時、日本人は5~6名いました。ここで修行している日本の人たちは、それぞれいろんな立場ですが、共通しているのは、はまっちゃった人たちということです。筑波大学の教授もいました。化学を専攻している人で、化学と瞑想は似ていると言っていました。私のときにはもういなかったけれど、一法庵の山下良道さんも、はまった一人です。

修行する人たちは各国から来ていますが、中国人がとても多かった。中国ってバカにできないなと思ったのは、彼らが真剣に思想を求めているからです。いま経済が大きくなって金があるから、その核になる思想がほしいのです。

毛沢東（もうたくとう）のやった文化大革命で、いっぱい歴史書を燃やしました。その中には、いいものがたくさんあったはずで、中国は、あのときにいろんなものを失った。それでいま、民族の骨格になる何かを探してるんじゃないか。日本に来る中国人も、神道を真剣に勉強しています。

そういうのを見ていても、「金」だけで人は生きられないのだと思います。

ミャンマーの上座部仏教のお坊さんは日本のお坊さんとはかなり違う感じです。私が行ったのは、アウンサンスーチーさんを逮捕した軍隊のクーデターが起きる前の2015年でしたが、その昔の軍事政権のとき、ミャンマーのお坊さんたちが、軍に立ち向かった。それを取材していた長井健司（ながいけんじ）さんという日本人のジャーナリストが殺された。２００７年のクーデターです。

軍隊がずらっと銃を構えていても、僧侶たちは丸腰で瞑想して人の壁をつくりました。それで殺されたり、刑務所に入れられたりする僧侶が多かったのです。だから民衆にすごいリスペクトされている。アクティビストというか、行動するのです。

昔ベトナム戦争のときも、お坊さんが火だるまになって戦争反対の抗議をしていました。タイとかミャンマーとかスリランカの仏教徒は、行動的です。東南アジアの仏教の特徴なのか、お坊さんでも行動して権力に反発する。私は、そこもまたすごく好きだった。

欲望に反応しない

瞑想で集中していくと深い意識の状態に入ります。集中して、心が平穏になった状態です。欲望は、このときにはもうなくなったのかというと、あります。何の欲望があるのかといえば、なんでもある。当然のことながら、生きたいという欲望がいちばん強いでしょう。ステーキが食べたいだとかもある。欲望が出るのを消そうとするのも一つの欲望です。

欲望で欲望を消そうとするのも一つの欲望で、困った執着なのだとしたら、どうしたらいいのか。何をするのかといえば、欲望が出ても、反応して何かを加えない。これがすごく大切なところだと教えられます。それをそのままにしておく。いじろうとしない。そうすると、それはなくなるんです。

自分の出てきた欲望に「うわ、欲望出てきた」と構えて、それをなくそうとしてはいけない。それに気づいていて、戦わないで、ただそれを見ている。これが、クムダ・セヤドー（老師）の教えであり、ブッダの教えです。それがヴィパッサナーという瞑想の究極のものです。

思考が湧いたり、消えたり、さまざまな感情が出たり消えたり。そういう気づきだけが起こる。それをいじったり、触ったり、加えたり、何かしない。そうすると、それは自然に過ぎていく。

悟ろうとしているのも執着です。そういった悟りの執着さえもつかまない。何物もつかまないで、そのままにしている状態が瞑想なのです。

ミャンマーで再び光を見る

修行道場には、ミャンマー語、英語のほかに、日本語をしゃべれる人もいます。老師が、瞑想はこういう感じでするのですよ、と教えてくれると、その人が、それを日本語に通訳し

写真16　パオ森林僧院にて瞑想修行僧たちと（右から2番目が著者）

てくれる。だから、とても助かりましたし、すごくよかった。

パオ森林僧院の瞑想のやり方は決められたメソッドがあり、老師と相談しながら進んでいきます。私が師事したクムダ・セヤドーは、ミャンマーでも高僧ですから、師から指導を受けたというのは大変なことです。

瞑想には、呼吸や意識の集中、気づきなどで進み高まっていく境地があり、インタビューといって、自分の境地を老師に話して、瞑想の進み具合を認めてもらう機会が週に何回かあります。そこで私の瞑想の段階を次々認めてもらったから、向こうの人たちもびっくりしていました（写真16）。

修行を重ね、何度も深い境地に入りました。集中していると、だんだん呼吸がスローモーションになっていきます。息が止まったと感じることも何度もある。

そして、目を閉じているのに光が見えてくる。視界のあちこちに光が散乱して、輝きを放ちだす。

呼吸が止まり、意識が止まり、私という感覚も無くなり、思考が一切無くなる。温かく強烈な至福と全体に対する愛だけがある世界――。

厳正独居で体験したあの光、あれがニミッタの光だったということがやっとわかった。あの光の体験をわかりたくて、ずっと追い続けてきたけれど、ミャンマーでようやく明らかになりました。

瞑想で禅定の境地に到達

ニミッタの光はミャンマーでも何度も見ました。深い瞑想に入った集中の証(あかし)です。ニミッタを見るまでの段階に行ける人はなかなかいません。光が見えるようなレベルまで、自己流でやっていた刑務所の厳正独居での瞑想は、結構深いところまで行っていた、ということかもしれません。

そして、瞑想の最高の境地が禅定(ぜんじょう)といわれる状態で、第一段階から第四段階まであります。

私は初禅を通過したことをクムダ・セヤドーに認められました。

禅定はヨガの行者が目指す境地で、３ヵ月やってできる人もいれば、30年坐っていても、それができない人もいる。不思議に思って、その差は何なのか聞いたら、前世の功徳なんだとか。前世で修行してそのレベルが高かったら、ここでもすぐ入っていける。30年瞑想しても禅定に入れない人だって、来世では修行したらいいところまでいくよ、みたいなことを言っていました。この地には、そういう前世・来世の死生観が生きているのです。

禅定の段階の判定は、クムダ・セヤドーが「できている」と認めてくれることです。インタビューで、瞑想してどんな感じだったかを、師に話すのです。嘘をついたらバレる。そういうのは、すぐわかります。

インタビューでいい成績を取りたいから、ありもしないことを言う人がいるのです。みんな世界中から、わざわざミャンマーまで修行に来ているわけです。その中に、上にいきたくて嘘をついたりする人もいる。これには、ちょっと考えさせられました。

宗教の道に入っているのに、なんで嘘をつくのか。不思議にも思ったけれど、やっぱり人間ってそうなのか、とも思いました。パオ森林僧院は、すごく有名なお寺です。そこに行って、ある程度修行したら箔が付くような場所。それで嘘をつく。

日本人の場合は、ミャンマーに行っても何の意味もないから、嘘をつく動機がありません。

私は、光の問題を解決したかった。そして、それは解決されました。

パオ森林僧院の修行で、光の現象は再現性があるとわかりました。深い禅定に入ったら、ニミッタという光が出るというのは、クムダ・セヤドーも普通に認めています。ああやっぱり、ここだったんだなと、ホッとする思いにひたりました。

そして、ここの瞑想修行であらためて、過去も未来も「今ここ」の連続であることに気づきました。「今」しか本当はないんです。過去も未来も「今ここ」があり続けただけなんです。

だから私たちは「今ここに生きる」しかない。それは「今が良ければそれで最高」みたいな話でもありません。今起きている事実に、つねに「気づいてる」ということです。それが「マインドフルネス」ということです。

瞑想をしていると、感覚器官と感覚の対象がぶつかって思考や感情が起こることがスローモーションで見えてくる。その思考や感情に合理性を与え、物語をつくっているのは自分だという仕組みもわかるのです。

人は自分の思考や思い込みで人生を生きている。そういうカラクリに気づいたのです。

第6章　背中の彫り物、整体師の指

伊勢の地で社会活動に汗を流す

ミャンマーから帰って、三重県伊勢市に落ち着くと、また何かしないではいられないというマグロの習性がむずむずしてきて、ヤクザとは違う入り口から社会に入ることを考えました。

子ども食堂で地元に貢献

そこで2017（平成29）年から、「伊勢こども&オジーオバー食堂」という子ども食堂を始めました。始める動機には、高校時代に出会った、あの型破りの與座（よざ）先生から受けた体験に根ざしている部分があります。

子ども食堂は、貧困家庭に食事を提供するということだけでなく、孤食の子どもや大人など地域の人たちが気軽に立ち寄ってコミュニケーションしようという社会活動です。私はその「優しい子ども食堂」というイメージある子ども食堂を、ちょっと変な大人がいて、という違った経験にしたい。

「変な大人」というものは、何かのきっかけで、子どもに与える影響が大きいのです。私が「変な大人」の役割です。與座先生が高校生に「変な先生」だけが与えられる影響を与えたように、何かを感じてもらいたいと思ったのです。この地では、みなさん、私の前歴を知っています。隠さず、全部そのまま話してきました。

子ども食堂は、月１回、第４金曜日に開いています。現金の寄付はそんなに集まらないけれど、参加者はすごい集まる。多いときは70名ぐらいは来ます。フードバンク（食品ロスをなくし、食べられる食品を必要な人に届ける活動）も同時にやっているので、米や野菜を持ってくる人もいます。

子ども食堂には食べるのに苦労している人も来るけれど、それだけではなく、集まりの場としてみなさんやってきます。集まってくるお子さんは、小学生からいます。中学生もいる。子どもの好きなカレーとかハンバーグを出すと、大喜びです。

いまは子ども食堂の代表は弟子の宮井威（みやいたけし）に譲り、私は相談役になりました。県から助成金などをいただいて運営しています。お手伝いしてくださる方々もいっぱいいます。みなさんボランティアですが、そういう地元の方とのつながりがあるのが、すごいことだし、私の望んでいることでもありました。

背中の彫り物はいまも

子ども食堂をやりながら、私の背中には彫り物があります。沖縄のヤクザが二つに分裂していたとき、一方の沖縄旭琉会に入ったのですが、そのときに入れたものです。彫り物は、入れるのが結構大変です。まず、痛い。それに高い。

和彫りで、降三世明王（ごうざんぜみょうおう）という、不動明王みたいな忿怒（ふんぬ）の形相をしたものです。不動明王や観音は入れる人が多いので、ちょっと変わったものをと選んだのです。降三世明王はあまり知らない人が多いのですが、京都九条の真言宗本山・東寺（とうじ）の立体曼荼羅（りったいまんだら）の中にいるのがそれです。

三世というのは、現在・過去・未来の三世です。そこの煩悩（ぼんのう）を取り除く明王で、顔が3つ、手が8本。ある手は印を結び、他の手は武器を持っている。足元では二体の神が踏みつけられています。シバ神とウマーです。ですから、複雑で激しい彫り物になりました。

沖縄にはいまでも和彫りの彫師がいます。ただし手彫りではない。機械彫りで、1時間1万円。5時間も彫ったりしたら熱が出て危険になる。だから1日3時間ぐらいで、30日とか40日とかかけてやる。ずいぶん金がかかります。

ミャンマーの寺院で修行していたときも、体に巻いた布からのぞいていましたし、伊勢でも、暑い日に肌脱ぎになれば現れます。

ゲストハウスをつくる

ゲストハウスもつくります。泊まれるところですが、名付けて愚狂庵。伊勢神宮内宮まで徒歩10分、おかげ横丁のすぐそばで、個室が４部屋あります。宿泊料が安い、瞑想体験、整体を受けられるというのが売りです。

愚狂庵というのは、自分で考えた名前です。

吉田松陰は、愚狂の反対で「狂愚」と名乗っていました。「諸君、狂いたまえ」という松陰の言葉があります。松下村塾に学んだ山県有朋も狂の字を取って、狂介といっていたし、高杉晋作も狂の字を取っています。

「狂」には、「常識にとらわれるな」みたいなイメージがあって、それがいいなと思っていました。ただ、訪れた方には「なんか、暴走族の延長線みたいな名前ですね」と、よく言われます。

ここで整体を受けられるというのは、私が野口整体の流れを汲む二宮整体を学んで、整体師になったからです。現在は愚狂庵の代表は弟子の宮井に譲り、私と妻が整体師として施術をしています。

仏教にも通じる野口整体に入門

野口整体と仏教の考え方

野口整体は野口晴哉(はるちか)先生が創設した人間本来の力を引き出す健康法です。二宮進(すすむ)さんは、その野口整体を受け継ぐ方で、がんを治したとか、大阪あたりではめちゃめちゃ有名です。

野口整体の特徴として、人為的なものをなくしていきます。薬とかをなくす。人為的なものは何でもなくす。人間の体は、よみがえる力を持っているから、その自然治癒(ちゆ)力を生かそう、という考え方です。人間が誰でも持っている「気」の力（愉気(ゆき)）を活かして体を整えるという健康法です。

よみがえる力を生かそうとするときに、何が邪魔するかというと、人間の不安とか、こうしたらいいだろうか、ああしたらいいだろうかという迷いです。まずは、そういう迷いに気づく。気づいたら、そのままにして置いておく。

すると、人間の生きる力というのは、勝手に出てくる。だから病気が治っていく。

こういう進め方ですから、ミャンマーの私の師が教えていたことと同じです。自分の中に起こるものを、そのままにして流していくのです。その一つ一つをつかんだり、触ったりしない。しがみつかない。反応しない。いろんな考えを、そのままにしておく。

悟（さと）りだろうが、煩悩だろうが、好き嫌いだろうが、あくまでも頭の世界です。頭の世界を手放したときに、生きている自分の、そのままの働きがあることに気づく。それがすごい大きな体験になるのです。

仏教と、野口整体から出た二宮整体は、考えがとてもよく似ていることに気がつきましたが、そもそも野口先生は、ずっと臨済（りんざい）の禅の教えを持っていて、それを指針にしていたということですから、仏教の禅との関わりが深いのです。

ヤクザの親分みたいな豪快さ

大阪の二宮整体アカデミーには、2年ぐらい通って学びました。新大阪でセミナーをしているので、誰でも入れました。ちょうどコロナ禍の頃だったので、ゲストハウスには誰も来ない。暇な時期だったので、月2回は大阪に通いました。

二宮進先生はもう亡くなっています。私はお会いしたことはないのですが、二宮先生のお母さんが野口先生の直接の弟子だったそうで、二宮先生は、そのお母さんがやっているのを見て影響を受けたようです。それで、自分もやるようになった。

二宮先生は、野口先生が亡くなった後の整体協会で、整体コンサルタントまでやっていたので、大阪と広島あたりではすごく有名です。大阪気質（かたぎ）で豪快なところがあったそうで、誰にでも教えたいという人だった。

晩年は、自分でカレーをつくって、みんな来なさい、来なさいと100人くらい呼んで、カレーをふるまって、整体を教えていたそうです。「誰でもできるから、いいよ、いいよ、お金はいらない」という、そんな人だったらしいです。

お金はそれなりに稼いで、年収が何千万あっても、競馬が好きだから競馬に使ってしまう。そういう豪快な人だったらしいです。いってみれば、ちょっとヤクザの親分気質です。

自然治癒力、すなわち仏の力

整体をやっていると、私のところにもがんの末期の方が来ます。もう病院で治療できない。そういう人たちは真剣です。命がかかっている。そのときに話すことは、整体ではあるけれど、仏教の教えでもある。

自然治癒力の働きがあるよ、これはこういうふうに考えたらいい、恐れとか怒りとか、自分の中の恨（うら）みとかがあったら、それを手放さないと、自分の体というのは回復しないよ、と話します（写真17）。

写真 17　整体を施術中の著者

私からしたら、その自然治癒力、イコール、仏の力でもあるんです。もう同義です。自然治癒力という、その本来の働きと、仏教の禅とかでいう、本来の面目（すべての人がもともと持っている自然のままの心性）とか真の自己とか、そういうものは、私の中では一緒なんです。

がんになる方は、生き方の中に、怒りであったり、いろんな苦しいことがあって、そこにがんを増殖させる原因があります。整体は、自分の思い込みとか、自分の執着とかを手放したら、体は自然に治癒していくということを、教えるというより体験させる。そこに気づいていって、自分がその体の力を抑え込まないで、解放するように持っていく。

一方では、病気ではなくて、本当に人生で困っている人たちがいます。そういう方も来る。その人たちには、仏という言葉で話します。自分の思い込みを手放して、仏に委ねてごらん、神様に委ねてごらん。そうしていくと、絶対に自分の人生の中でこういう働きが起こるよ。そういう言い方で話しています。

どちらも、やっていることは、私からしたら一緒です。説いているものが同じでも、方便が違う。

除霊と治療

なにかの問題を抱えている人たちが、相談にくるようになったのは、いま始まったことではなく、伊勢の寺院で出家得度した頃からでした。3年間そこで修行していましたが、私のブログを見て、相談がいっぱいきていたのです。住職とも話して、じゃあ瞑想を教えましょうねとか、いろんな人生相談をしていました。

真言宗というのは、除霊祈禱をします。私も、寺で取り憑いた霊を取りました。寺にいた頃の私は、霊障を解くので有名になっていた。それまでは出会ったこともないタイプの人たちですが、「霊がついてる」と言ってくる人たちがいるのです。おもしろいことに、「蛇に呪われてる」とか言ってくる。

そういう人を本堂に入れて、太鼓をドンドコ叩いて、「ぶっせつまーかーはんにゃーはらみったしんぎょう　かんじーざいぼーさつ」とかやると、治るわけです。「お経を唱えて一緒にやってごらん」というと、ゆらゆらしながらバタンと気絶したりして、不思議な現象が起こるのです。

いろいろと動いたり、なんか口走っていたりするから、それを覚えてるだろうと聞いてみると、覚えていないときもある。そういう不思議なことが起こったりしました。

野口整体でも、活元運動というものがあります。体が勝手に自動的に動き、体を整える運動で、その動きは、人間の本来の働きが現れてくる動きなんです。野口整体はそう捉えています。「くしゃみ・あくび・しゃっくり」などがそうです。

結局、除霊の動きも活元運動も一緒だな、と私は経験的に思っています。本人の思い込みで、霊と思っている現象は、霊として現れる。現代病のパニック障害と病名がつけられれば、その症状が出る。キツネの霊に呪われたという人は、除霊で霊が落ちるし、パニック障害だと診断された人は、クリニックで治療が成功する。霊の信奉者か医学の信奉者かの違いがあるけれど、どっちも本人の思い込みです。

だから、霊を信じる人が来たら、それを否定しない。「そんなんはいない」とか言わず、それをそのまま聞いて、「ああ、そうなんや。蛇に恨まれたのはなんで？」と受け止めます。

そうすると整体も祈禱も流れは一緒で、同じような体の状態が出て、なぜか泡吹いたりするときもあるけれど、結局治っていく。

元極道で僧侶の整体師

クライエントの悩みごとを聞く

仏教と整体は、人への働きかけ方が同じだとして、私がやろうとしていることは、整体なのか仏教なのかといえば、仏教でしょう。仏教を伝えるやり方は、べつにお寺にいてやるというものではない。世界が道場であって、お坊さんのスタイルじゃなくてもいいと思っています。

祈禱だったら祈禱、除霊なら除霊でいいのです。がんだったらがんの悩みでいい。ブッダが言ってるように、その人なりのあり方を聞いて、それに向けたものを方便として説いていく。

出家したのは、仏教の教えを広めたい、というのもあるけれど、東洋的なあり方で人に接したい、人を救いたいというのが強いと思います。西洋的な、人の手が加わったあり方でするのではなくて、東洋的な思想でいきたいのです。

東洋的なものごとの捉え方では、自我がものごとをより悪くしていると考えます。では、自我をどうやって手放すか。これが東洋的なあり方のポイントです。それを、いろんなアプローチでやっていくのです。

そういう意味では、仏教から整体へ行き着いたのは必然の姿ということかもしれません。整体をしていても、クライエントは元ヤクザで仏教の整体師だとわかっています。だから、人によっては仏教のことを聞く人もいるし、がんを治してほしい人もいる。


訪れるクライエントは、悩みごとを打ち明けたり、私にいろいろ話をします。特に目につくのは、自律神経の乱れから起こる症状を抱えている人たちです。うつとか、パニック障害とか、難治性の自律神経の障害の方が多いと感じます。

何がそうさせているのかといえば、コントロール欲求ではないかと思っています。何でも自分でやろうとする。何でも自分で動かしたい。ところが情報が多すぎる。つねに反応しまくっているから、神経がくたびれています。

子どもの体も自然の状態ではありません。小学校４～５年でも来る子たちがいるのです。子どもたちの症状は、めまいがするとか、立ってるのがつらいとか、起立性障害が多いのですから、大変な時代だと思います。治療は背骨です。背骨に愉気をして（気を通して）整えていく。背骨と骨盤。それをやっていくと、やはり子どもは治るのが早いです。

施術は1人30分。1日5～6名ぐらい来ます。1回の料金は6000円。初回は8000円です。妻と一緒にやっていますが、私がくたびれてるときはあっちの出番です。

妻はゲストハウスに来て、それで知り合った女性で、兵庫県尼崎の人です。向こうは若いので、どんどん上手くなります。

傷害事件を起こし、また逮捕

子ども食堂をやり、整体をして来る人の悩みをほぐしたり、ブログを見てやってくる人の相談ごとにのって、伊勢での日々は過ぎていきます。ところが、あるときとんでもないことが起きた。事件発生！　いや、事件を私が起こしたのです。傷害事件。相手は元ヤクザ。私が「牛刀で斬りつけた」ことになって、逮捕されました。

裁判になり刑事で懲役1年6ヵ月。民事で損害賠償800万。刑事の判決は弁当つきでした。執行猶予3年です（2024年3月に期間満了）。

私がヤクザをやめてカタギになっていることを知ると、「自分も足を洗いたい」という相談をあちこちから受けるようになりました。その日もゲストハウスに知り合いの現役ヤクザが「人生をやり直したい」と相談にやってきた。ただし彼一人でなく、仲間も含めて7、8人が来たのです。仲間たちはすでに酔っぱらっており、私も含め、囲炉裏を囲んでみなで酒盛りとなりました。

私は相談に来た現役ヤクザAをもてなそうと、豚肉をたくさん用意して、囲炉裏で調理しながら話を聞いていた。カタギになって真面目にやるには、といった話をしていると、酔った仲間の中の一人、Bがちょっかいを出してきた。Bも元ヤクザで、Aと同じ組織にいた男です。

ベロベロに酔ったBは豚肉料理にコショウを大量に振りかけたり、何やかやと口を挟んできて、挙げ句の果てには「もっと金がほしい。中国人を入れて強盗しよう。3割渡すから一緒にどうか」と言ってきた。私は酔いもあって頭に血が上り「ふざけるな！　おまえ、何言ってんだ！」と二人で揉み合いになりました。

私はそばにあった包丁を摑んで、「謝らんかい！」とBに突きつけた。脅したわけですが、もちろん刺すつもりなどない。こういう場は力で収めるのが一番効果的だし、謝れば終わりにするつもりでした。ところが予想に反して、Bは包丁を摑もうと手を出してきて、揉みくちゃになっているうちにBの指が切れて血が流れた。

その後、病院に行き、この騒動はいったん収まったのです。もちろん、Bの治療代は出しました。Bを連れてきた現役ヤクザのAもしきりに恐縮して、「Bにケジメを取らせるから」と言ったけれど、私としては男同士の喧嘩のつもりだったので、これで幕引きとした。しかし後日、Bが警察に行って訴え、逮捕されました。これがことの次第です。

事件は新聞にも書かれ、ネットでは「客が大量のコショウかけ立腹『お前、殺すぞ』牛刀で客切りつけケガさせた疑い　ゲストハウス経営者逮捕」などと書かれました。普通に読んだら、頭おかしい人間ですよね。

たしかに私が出した豚肉料理にBがコショウをかけすぎた、ということはあった。ムッとしたけれど、それはそれ。腹が立ったのは、Bは足を洗ってカタギになったくせに、いけしゃあしゃあと悪事の相談を持ちかけてきたからです。

だいたい牛刀と書かれてるから、ごっつい刃物を振り回してる姿を想像するかもしれませんが、普通の文化包丁のことです。牛刀と文化包丁の違いは、「刃先が尖っているか、丸みを帯びているか」だそうで、検索してもらえばすぐわかります。

とはいえ、傷害事件を起こしたことは確かです。

私はヤクザから足を洗い、カタギになった。ならば、あの日、Aの話をうなずきながら聞き、Bがちょっかいを出してきても相手にせず、何ごとも起こさないこともできたはずです。

ところが、私は大酒を飲んで、もっとも深く、強い関わり方をした。魔が差したという言い方もできますが、自分の我が出てきたということでしょう。まさに、仏教の教えである六道輪廻の世界そのものでした。修羅の世界（争いの世界）に落とされた。そしてこの後は、地獄界の苦しみを味わいました。

また振り出しに戻ってしまった。またマイナスからやり直しだ。

もう本当に、心底自分が嫌になりました。

私が歩かされている道

修行して初禅に達したからといって、私は悟ったわけじゃない。気を許すとすぐに我が出てしまう。戻ってしまう。つねに揺れているんです。

私が尊敬する山本玄峰老師にこんな話があります。戦前、フィクサーの田中清玄や政界指南役の四元義隆が入っていた刑務所に、玄峰老師が法話をしにきた。

暴力革命を掲げる共産党のバリバリの闘士だった田中清玄は「日本を変えたい」「ああしたい、こうしたい」といろんなことを熱く語った。そうしたら玄峰老師が言うんです。

「おまえね、おっかさんがお前のために腹切ってね、それでも世界を変える、日本を変えるって言うとはすごいやつやな。だけど、そのお前は自分が何者か知ってるんか？」

田中清玄の母親は、共産党員の息子を諌めるため、割腹死していたんです。

田中清玄はずーっと考えた。で、獄中で転向し、出所したあと、すぐ玄峰老師を訪ねて「自分の進むべき道を見つけたい」と修行に打ち込んだ。

この話を思うたび、胸が熱くなります。私が歩かされているところは全部、自分の我を落とすところ。自分の我を落とすために歩かされているんです。どこへ行くのかわからないけど、私も自分の歩かされている道を外れず、ただひたすら歩んでいきたいと思うのです。もしかして、これからもいろんなことがあるかもしれない。それでも、自分の嫌なところも弱さも認めて、背負って歩いていく。

つながりのありがたさ

元ヤクザのBが、現役ヤクザのAと一緒にわざわざ豊橋から会いにきたのは、私と直に話したかったからでしょう。自分のことも私に話したかったのかもしれない。ただ、私とAの話を横で聞いているうちに、思わぬ憎しみが生まれたのかもしれない。

愛憎の葛藤は、人間が味わう大きな苦しみの一つです。なにかの行動を生み出さずにはいない。それも予想外の行動を。こういったことが、すべて起こった事件だったのでしょう。

私は示談で決着をつけようと、50万円を提示しましたが、Bはいったん了承した後で拒否します。それで裁判になり、私が８００万円支払うという判決が出ます。Bはけがを前面に押し出して、指が動かないとか、クビが動かないとか言っていましたが、たいしたもんじゃない。ちょっと指が切れた程度の話です。

私には、そんな額は払えない。不動産があるわけじゃなし、何もできない。裁判所が財産を差し押さえる強制執行も、そう簡単には進みません。第一、私には財産らしい財産がない。

そうこうしていると、なぜかB本人が私に泣きついてきた。

「弁護士に、こんなに金かけたのに、いくらも取れないじゃん。いま、銀行口座調べるのだって1万円かかるんだよ」

とか言って、弁護士にいくら払ったかをしゃべる。こっちの銀行口座がどこにあるかを調べるのに、弁護士だと1万円ぐらいかかるし、財産内容を調べても4、5万かかるらしい。

まったく、頭が弱いんだかなんだか、次から次と手の内を訴訟相手の私に話してくるのです。こっちは「そんなの知るか」です。

私はBをまだ許せていない。「おまえのせいで」と憎んでいるところがあります。明らかに事件では私は「加害者」ですが、心では「被害者」なのです。これも私の修行不足、未熟さを物語っているようです。

しかし、これがいまの私の本音なのです。でも「許したい」「許されたい」という気持ちもあります。憎しみの感情を抱えていてはつらいのも知っています。こんなときだからこそ、「裁く」ことを仏様にお任せしています。

その事件の後も、子ども食堂に集まる人たちは増え続けています。事件があったことを、みんな知っています。だけど、手のひらを返したりしない。本当にありがたいと思いました。人間的につながっているということを、あらためて感じました。

果てしない断酒の日々

アルコール依存症の地獄

誰が好んで自らをアルコール依存症だと認めるでしょうか。私もいままで、そんなことを少しでも考えたことはなかった。だってアルコール依存症というイメージは、私の考えでは汚い格好をして、行くところがなく、公園などでたむろしている浮浪者などのことだと思っていました。

だから絶対に、そんな病気になるまで落ちぶれたくない。少し酒グセに問題はあるし、飲んだら記憶をなくして「ブラックアウト」することが多いけど、それはアルコールを飲んだら「普通」のことだとばかり信じていました。

そんな私は、この事件をきっかけに、アルコール依存症と病院で医師から診断を受けました。

ヤクザからカタギになり、修行をして出家することが叶（かな）い、子ども食堂や社会活動などもおこない、マスコミなどからも何度も取材されて有頂天（うちょうてん）になっていた時期のことでした。すべてが順風満帆（まんぱん）で上手くいっている気がしていました。

ところが一方で、注目されていることが苦しくて、何かとてつもない大きな嘘をついて、それを隠している気が常にしていました。なぜだか理由はわからないけど本当に苦しい。そして、その苦しみを誤魔化すように、なくすように日々アルコールを求めました。

思えば、現役の頃からひどい酒だった。

疲れ果てた仕事の後に飲む、最初の一杯の至福感。目の前の景色がパッと鮮やかになり世界が魔法のように変わりました。世界が変わると同時に私の人格も変わります。地獄には住んだことがないけれど、きっと地獄だったんだと思います。感情が乱れまくり、怒ったり、泣いたり、大笑いしたり、暴言を吐いて、暴力をふるったり。

そして翌日には自分がしでかした「昨夜のこと」が気なってしょうがない。実際に覚えてないこともありましたが、記憶にないふりをしたこともありました。

そして決まったように起こる、つらい二日酔い、被害妄想との闘い。自己嫌悪、自己憐憫（れんびん）、開き直りの繰り返し。もう、１日だけでも禁酒しようと試みますが、成功したことはない。気づいたら勝手に冷蔵庫から取り出し飲んでいるのです。

そういうことを繰り返してると「意志が弱くて最悪だ」そういう自分を責める言葉でいっぱいになりました。その繰り返しでどんどん深みにはまり、禁酒、もしくは酒のない人生なんて考えることすらなくなってしまうのです。どれだけ周囲の人間に迷惑をかけてきたか、数え切れないほどです。

酒のカルマ

私の家系は酒グセが悪いのです。亡くなったおとう、おじいもアルコール依存症だったといまでは思います。おとうは、酔って事件を起こしてパクられたこともあります。しかもおかあの両親の家に行き、酔って包丁を持ち出したところを警察に現行犯逮捕されたのです。

おじいは片足が動かなくて障害があり、いつも酒浸りの生活でした。戦争当時には足が動かなくて兵隊として戦えないことから非国民呼ばわりされて、そのことに強いコンプレックスを抱えていたようです。そんなことから逃げるようにアルコール依存症になったのは容易に想像つきます。

そんな先祖は、おもしろいことに私の断酒が2年目を迎えた頃からよく夢に出てきて、お祝いの言葉を言ってくれたものです。

「ありがとう。よく先祖のカルマ（業）を止めてくれた」

そう言いながら、ニコニコして嬉しそうなわけです。

ということは、やはりおとう、おじいもアルコールに苦しめられていたのでしょう。いや、そうに違いない。あんな飲み方をして楽しい人間はいない。現在の私の嫁に話すことがあります。時代も戦争という背景があり、激しい沖縄戦の傷は私の先祖にも強く影響を与えていたのです。その傷の痛みを麻痺させるかのようにアルコールを使ってきたのでしょうか。

暴力、殺戮、餓え、怖れ、そういう大きな人間の負の連鎖は、まるで津波のように突如押し寄せてきた。そのような強力な勢いに人は無力です。一人の人間の意志など脆く崩れ去ってしまう。戦争の結果のアルコール依存症、私には先祖の酒がそのように見えています。

「断酒」は先祖への供養

私は現在、断酒3年目を迎えました。そう言うと、いろいろな人から断酒して偉いとかすごいとか、意志が強いとか言われます。しかし、私は断酒したことをいままで自分の意志や力で成し遂げたなどとはまったく思っていません。

これは謙遜（けんそん）とか謙虚とかいう話ではなくて、本当に私を超えた力が自然に働いて、そのようになったのです。あえて私がしたことといえば「降参したこと」。自分の力では断酒できないと心から認めたことでした。

このままではダメだ。でも断酒できない。このままでは死んでしまうかも。生きたい。もっと生きたい。葛藤が激しく起こっていました。引き裂かれそうで本当に苦しかった。

ある日のこと、私の感情は溶けはじめ、一気に揺れ動き雪崩（なだれ）のように何かが起こりました。とても静かで落ち着いた空気の中で、太陽の優しい日差しだけがキラキラ輝いていたことをいまでも覚えています。「アメージンググレース」のような曲が心の中で何度も繰り返されました。

涙があふれて止まりませんでした。気づいたら、いままで酒で迷惑をかけただろうと思う人々に心からの謝罪のメッセージを送っていました。そして私はアルコール依存症の自助グループへ参加することになったのです。

自助グループの仲間は、温かく私を迎え入れてくれました。いまでも本当に感謝しています。同じような苦しみを抱えた当事者が集い、ミーティングをおこないます。ミーティングの場は参加者の安心・安全が担保されていて、誰でも自分の経験を素直に話せます。他の仲間はそれを聴くだけ、これが大きな特徴です。

自分のことを語るのは難しいものです。自分の感情や思考、行動を素直に語ることは本当に勇気がいることだし、話すことができると心の浄化になります。

そして仲間が、ただ聴いてくれていることで不思議と安心感があり、それが一体感へつながるのです。また断酒して１ヵ月の人でも「自分の経験を語ること」で断酒３日目の人の役に立てることがあるのです。自分の弱さが、人の強さになる可能性を秘めていることなど、私は多くのことを学びました。

不思議な縁ですが、私の嫁もアルコール依存症でした。アルコール依存症の自助グループのミーティングにも一緒に参加してきた仲間です。いまは私と一緒に断酒しています。

私たち夫婦が少なからず協力して支え合って、愛する娘と一緒に暮らしていけるのも、酒のない暮らしだからこそです。もし酒を飲んでいたら家庭は破壊されて、平穏な暮らしなどはなかったでしょう。いや、そもそも酒を飲んでいる頃の私と出会っていたら、嫁は私と一緒になろうとも思わなかっただろうと笑い話をすることがあります。

誤解しないでほしいのですが、私はべつに酒そのものが悪いとは思っていません。ただ私にはアルコール依存症という病気があるので、酒を飲まない生活をこれからも続けていきたいと願っています。そして私の断酒が続くことが先祖への本当の供養だと信じています。だから私にとって、断酒とは祈りなのです。

波瀾万丈でも幸せな人生

幸せを感じるいま

私は、おかあには感謝していますが、存在としては、おとうの存在が大きかったと思います。やはり、死んだことが大きいんじゃないか。死んだら、やっぱりよく見えてくるものです。いろんなものが解(ほど)けてくるし、思い出になっていきます。

生きて一緒に暮らしていると、嫌なのもいいのもごちゃ混ぜで生々しいけれど、死んで時間が経っていくと、純化していくというか、ああ本当はそういう気持ちだったんだなと、わかってくるように思うことがある。

おとうが死んで、もう20年ぐらい経っていますから、いまはもう全然恨みとかそういうものはない。自分が、この歳になったからというのもあるかもしれません。おとうは、メンタルな面で繊細だったし、私はいろんな影響を受けたと思います。本当の意味で仏になって、私を見守ってくれているのです。

本当にいま、両親には心から感謝しています。私は、いまの自分自身というものはすごく好きで、いまの自分のあり方、人生というものに対して、幸せだと思っています。大きな力に委ねられたという、そういう自我の明け渡しみたいなものが起こっているんだと思います。幸せで楽に生きることができている。

結婚と４人の嫁

私は、高校ではダブっていて、４年行っています。最初の嫁もダブって4年行っています。結婚したのは、私が23歳、相手は19歳のときでした。この留年と結婚には、私の基本的な性格が出てきているように思います。常識の否定という傾向が、ここにはあります。

ブッダは、常識を否定した人です。出家というのは、この人間ゲームをやめたということです。モルモットみたいに走らされている、この人間ゲームをやめたということが、出家です。だから、出家というものは、相当に常識から外れています。そういうものが、私の根底にあるんじゃないか。私の中に、人生観としてもそれがあります。

ゲームをやめてしまうことで、神とか仏とかいう大きなものに救われたんだと思います。私の人生には、ヤクザだったとか、瞑想にすがったとか、刑務所で苦しんだとか、そういうものもあったけれど、大きなものに救われたことがいちばん大きい。いまの状態の人生を、私は幸せだと思っています。

おとうが死んだとき、初めての子が生まれています。その初めての子どもとは、今やりとりがありません。子どもは6人いますが、初めての子どもだけ会っていない。その子だけはやりとりしていない。

最初の嫁、2番目、3番目、4番目と、いま4番目の嫁ですけれど、最初の嫁に1人、次に2人、次に2人、次に1人と、全部で6人の子どもがいます。

いまの嫁以外は全部沖縄の人間で、いまも沖縄に住んでいます。この間、沖縄にいまの嫁を連れて帰りました。前の嫁、前の前の嫁も来て、みんなで食事しました。「一夫多妻制じゃないんだからさ」とか、よく笑われます。みんなで会ったときには、「その前の嫁」「前の前の嫁です」と紹介する。

沖縄は、離婚率が高いです。自殺率も高いですが、離婚率が高いのは、やっぱり生活できるってことなんでしょう。ばあちゃんから、じいちゃんから、家族が共同体みたいなものでみんなで面倒を見たりします。

子育ても結構じいちゃん、ばあちゃんがやってくれる。沖縄の人たちは、みんなでやるという感覚が強いです。そうじゃないとやっていけない。沖縄のあの給料では無理です。産業の構造自体が、はっきり言ってない。そういうもの自体が全然ない。あれだけ基地がのさばってるから、産業はありません。

「ありがとう」と「ごめんな」

最初の嫁は大変な思いをしたと思います。結婚した瞬間、子どもができた瞬間、いちばんおめでたいときに、おとうがあんなことになっていた。うちの中がごちゃごちゃで本当に大変だった。いまは、そのことを「悪かったな。すごい申し訳ないな」って気持ちが強くあります。２番目、３番目の嫁にしても、「すごい苦労かけたな」っていう気持ちがあります。同時に「ありがとう」という気持ちもすごい強いです。「ごめんな」という気持ちと同じくらいに強い。それはみんなに対しても同じ。

私といまの家族は、市営団地に住んでいます。お金も本当にない。もちろんお金は欲しいと思いますが、だけど不幸せかというと不幸せじゃない。幸せ。アルコール依存症だったいまの嫁と出逢ったのは運命だったと思います。

いまは二人で一緒に整体をやっています。二人の稼ぎは同じです。整体もいまは忙しくて、

1日5件ぐらい。で、1件6000円ですから、食うのには十分です。
いまの私は金よりも家族との時間を大切にしたい。それがささやかな幸せです。

本の最後に、私が好きな「無名兵士の言葉（悩める人々への銘）」を記します。この詩は作者不詳ですが、およそ160年前のアメリカの南北戦争に敗れた南軍兵士が遺したものとも言われています（日本語訳は加藤諦三著『無名兵士の言葉』を参考にしました）。英語の原文が記された銘文（めいぶん）は、ニューヨーク大学付属のラスク・リハビリテーション研究所のロビーに掲げられているそうです。

「無名兵士の言葉（悩める人々への銘）」　作者不詳

大きなことを成し遂げるために　強さを求めたのに
謙遜を学ぶようにと　弱さを授かった

偉大なことができるようにと　健康を求めたのに
より良きことをするようにと　病気を賜った

幸せになろうとして　富を求めたのに
賢明であるようにと　貧困を授かった

世の人々の賞賛を得ようと　成功を求めたのに
得意にならないようにと　失敗を授かった

人生を楽しむために　あらゆるものを求めたのに
あらゆるものを慈しむために　人生を賜った

求めたものは一つとして与えられなかったが
願いはすべて聞き届けられた
私はもっとも豊かに祝福された

著者略歴

新垣玄龍（あらかき・げんりゅう）

1974年、沖縄県に生まれる。当時の沖縄特有の極貧家庭に育ち、「搾取される側でなく搾取する側になる」「支配されるよりは支配する」と決意。高校卒業後は職を転々とし、22歳で自ら起業。探偵業や風俗業、裏カジノなど、合法・違法の仕事で金を稼ぎまくる。

26歳で民族派右翼団体國琉社を設立。29歳で沖縄旭琉会（現・旭琉會の前身）の構成員となり、わずか3年後に三代目富永一家三代目富若組の組長を継承。反権力のエリートヤクザとして出世街道を邁進していたが、沖縄刑務所で入れられた窓もない独房での2年間で極限状態に追い込まれ、光に包まれる神秘体験をして人生観が変わる。

40歳で仏道修行のためヤクザに決別（組からは絶縁状）。三重県伊勢の真言宗寺院で出家得度し、ミャンマー上座部仏教の「パオ森林僧院」にて瞑想修行。その後、伊勢で子ども食堂を開くかたわら、整体を学び整体師となる。前科は数えきれない元極道の僧侶・整体師という波瀾万丈な人生体験をもとに「誰でも生き直すことは可能」と訴えている。